U0960484

愿你不再脆弱 也无需假装坚强

桃啃笙 著

百花洲文艺出版社
BAIHUAZHOU LITERATURE AND ART PRESS

图书在版编目（CIP）数据

愿你不再脆弱，也无需假装坚强 / 桃啃笙著. -- 南昌 : 百花洲文艺出版社，2017.7

ISBN 978-7-5500-2151-8

Ⅰ. ①愿… Ⅱ. ①桃… Ⅲ. ①散文集—中国—当代 Ⅳ. ① I267

中国版本图书馆 CIP 数据核字（2017）第 067672 号

愿你不再脆弱，也无需假装坚强

桃啃笙　著

出 版 人	姚雪雪
责任编辑	袁　蓉
封面设计	金牍文化
出版发行	百花洲文艺出版社
社　址	南昌市红谷滩新区世贸路 898 号博能中心 A 座 20 楼
邮　编	330038
经　销	全国新华书店
印　刷	河北鹏润印刷有限公司
开　本	880mm×1230mm　　1/32
印　张	8.5
版　次	2017 年 10 月第 1 版第 2 次印刷
字　数	220 千字
书　号	ISBN 978-7-5500-2151-8
定　价	36.00 元

赣版权登字 05-2017-89
版权所有，侵权必究

邮购联系　0791-86895108

网　址　http://www.bhzwy.com

图书若有印装错误，影响阅读，可向承印厂联系调换。

人生前期越嫌麻烦，越懒得学，后来就越可能错过让你动心的人和事。

颜值是乍见之欢，好的性格才能令人恒久不厌。

早晚你会为了别人，明白我如今的心情。

感情不像是快递，若迟迟不来还能打个电话催催，感情的事除了自己争取，剩下的就只能等了。

最初实现财务自由的满足感，主要来源于“自食其力”。

变成自己过去讨厌的模样，那不叫成长。找到最适合自己的定位，厚积薄发蜕变成更好的自我，那才叫成长。

序

人生苦短，最难得的是有人与我们同行

知道桃啃笙的时候，我还是个单纯的读者。喜欢看公众号里那些或清新或励志的暖心小文，读着读着，就发现好多喜欢的文章后面都有一个相同的名字——桃啃笙。她的文风自然流畅，带着同龄人少有的踏实，有自己的苦恼和烦闷，也有不经意的醍醐灌顶和拈花顿悟，不炫技不张扬，读后细品，又觉得余味无穷，字字珠玑。

后来我开始码字，有个朋友便把我拉进了一个作者群，我一眼就瞥见了桃啃笙的头像。于是，桃子成了我在写作圈里第一个好朋友。

除了码字，我们的交流范围日益扩大，慢慢发觉彼此的契合度非常高。为什么我们视这段友谊如此珍贵？因为这世上我们有机会和 2920 万人擦身而过，却鲜少人能与自己真正同行。

每一个岔口都会有人转弯，每一个街角都有人想停下来驻足，不少人急着赶路，看不见眼前的人、事、物，只艳羡传说中远方的风景。而我和桃子始终像个误入仙境的顽童，对未来没什么精打细算，也说不出什么豪言壮语，却能一边被好奇驱使，一边牢牢掌握着自己的节奏。

知道自己能抓住什么，也不害怕沿途错过什么，这应该是我们俩最大的优点。在这个遍地狙击手的时代，越来越多的人讨厌迂回。可我们还在坚持过想过的生活，还是固执地认为感性的流转比一击即中有意思得多。

桃啃笙的第一本作品集即将上市，我内心激动万分，也借着这个机会和你说说平时不敢袒露的真心话。

桃子，你好。你推荐的书，我都一一去读。你喜欢的作者，我也去品读关注。我喜欢你身上熟悉的善良和温柔，也欣赏我所没有的果敢坚毅和爱憎分明。我们都是爱写作的傻孩子，光是笨拙地爱，已经让我们喜上眉梢，心满意足。一路走来，忘不了的是彼此的扶持和鼓励，唯愿你笑颜灿烂，始终被这世界温柔相待。

人生苦短，最难得的是有人与我们同行。

米粒

著有畅销书《为了梦想，拼尽全力又何妨》

目录

Chapter 1
愿你不再脆弱，也无需假装坚强

Chapter 2
没吃过穷的苦，你凭什么说钱不重要

Chapter 3
在还没有人疼你的时候，你必须活得像个“爷们儿”

Chapter 4
他没那么喜欢你，怪他咯

Chapter 5
不是说好，朋友一生一起走吗

Chapter 6
不管多么难熬，人生都要眉开眼笑

Chapter 7
比逼婚更可怕的其实是不理解

Chapter 8
活着，我就不想去凑合

Chapter 1

愿你不再脆弱，也无需假装坚强

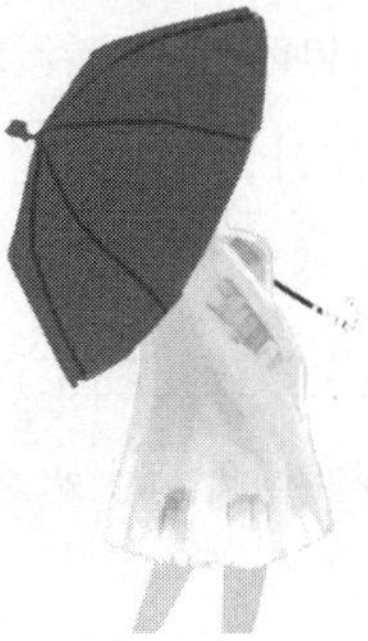

很多人即使心中兵荒马乱，

也要保持微笑，

故作坚强。

长路漫漫，愿你不再脆弱，

也永远无需假装坚强。

从来没有容易的事，只有你想得太过简单

1

某天下午，我临时想起一件事情，想找朋友确定。她人在美国，和我隔了约 12 个小时的时差。当时是北京时间下午 4:30，也就是她那里的凌晨 4 点。

我原本想的是发完消息，等她醒来看到回复就好。可这边消息刚发出去，很快就得到了她的回复。我惊诧地问她："你这是睡醒了还是……"

她发来语音，嗓音带着通宵熬夜后的沙哑，说："还没睡呢，做了一宿作业，刚做完，打算喝杯浓缩果汁，出去跑个步就去上课了。"

我的这位朋友，在世界排名前 30 的大学读生物工程，同时也做一些副业。令我钦佩的是，她在副业做得风生水起时，学业也没有耽误，且年年都拿全额奖学金。

自打和她认识的那天起，我就习惯性地，在她的凌晨时间发些东西给她，以试探对方有没有按时睡觉。而大多数时间，她都会回复。那时候她多半是刚忙完学校的事情，再延长工作时间，来保证自己副业的正常运转。

想想我每天早上只要没有课，一觉睡到9点都是常有的事儿。而她连每天5个小时的睡眠，都得是快马加鞭地做完工作才能安心睡着。

这就没有什么好去妒忌的了，她付出了超出常人的辛苦与努力，自然也会得到相应的回馈。

2

上大学时，我在学校的编辑部里，每期都会有采访任务，去采访那些校园里的积极分子：有的是学科天才，大学四年连续获得一等奖金，还以第一作者的身份在大刊发表了多篇学术论文；有的则是创业精英，还没毕业就已经拥有了自己的软件公司，年营业收入超过百万；还有的坚持做公益，大学四年坚持利用寒暑假去山区支教，获得了“全国优秀大学生”的称号……

但令我印象最深刻的还是那个创业的学长，他高三那年高考失利，没有考上大学，就自己在家学习编程。潜心学了一年，他接到的第一个活儿就是帮老家的乡政府维护网站。

在实践的过程中，他发现自己依然有许多不足，于是回家复读一年，进了我们学校的理信学院。

大一时，他建议学生会创建一个全新的部门叫“电子信息部”，由学生来解决学校的网站建设和网页维护，获得批准。我们学校最早的教务系统也是他以一人之力花了一周写出来的。

大学前两年，他帮助学校里的各个院系部门解决问题，大到写网站，小到修电脑，扩大了自己的人际圈子，也积累了良好的口碑。

许多领导都给他介绍过编程和维护网站的活儿。到了大三那年，他已经注册了自己的软件公司，第一年营业收入就突破百万。

之后，他又在学校设立了以他名字命名的奖学金，专门用以奖励理信学院成绩优异的困难学生。他本人已经成了学校的一个传奇，一时间地方的媒体都来采访他，希望获得他的创业经验。

而学校更是邀请他作为先进分子，一轮一轮地做经验分享。到我们采访时，他神情十分疲惫，带着通宵编程留下的黑眼圈。

我们问：“学长，你有什么话想对学弟学妹们说吗？”

面对一个再公式不过的提问，他却明显有些激动。他说：“其实我今天原本不想来了，这样的采访太多，每次都问相同的问题，说一样的话，我也没觉得你们真的能获得什么帮助。

不过，昨天我接了一个电话，我觉得还是得说明一下。”

他接到的电话，来自一个大一的学弟，学弟说听了他的创业报告，心中沸腾不已，热血难凉，打算就此退学，也回家创业去，连退学需要的手续都准备好了。

他听到后赶忙劝阻，同时反思自己到底是哪一个环节说错了，想来想去找到原因，究其根本就是，那些报告只向外人展示出了创业最美好的一面，好像只要扛起创业这面大旗，就能赚得盆满钵满，努力啊，奋斗啊，人脉和技能积累啊，通通都可以抛置一边。

他周身的荣誉与冗长的头衔，像是黑暗中的一团花火，吸引着人们，像趋光的小虫扑向光明一样扑向他，却对周遭包裹的黑暗熟视无睹。

很多人见他创业成功了，就纷纷鼓吹大学生自主创业多么赚钱，令许多根本没有目标规划，更没有本事创业的人一哄而上，反倒耽误了自己的学业，得不偿失。

殊不知，黑暗才是成功之路上的主题，而那看似璀璨发亮的花火，不过是千百次栽跟头后点燃的那么一点点微光。

学长说：“所以你们这回就写点实实在在的东西吧，我给你们讲我开公司前，是怎么磨破嘴皮子帮人卖电脑的。公司刚起步运营的时候，只有我和女朋友两个人，我连着几个月都赚不到钱，还得靠她在学校里帮忙复印打印才能生活。冬天出租房里连暖气都没有，写程序冻得不行了，就拿冷水把手搓热了再继续。”

太多人只去了解成功人士表面的浮华绚丽，却忽略了成功背后所要付出的异于常人的辛苦与努力。他们虽然赚着大把的钞票，却也要付出与收获相抵甚至更多的精力与心血。

一篇 3000 字的文章，读一遍不会超过 5 分钟。而不算上构思选题，光敲出来差不多就需要一小时。而这一小时付出得值不值，还要取决于读者能否在那 5 分钟的阅读里有所裨益。

一道很好吃的菜，吃光也许只要半小时，但需要从种菜到买来洗净，到最后的料理装盘，摆到你面前。呈现在你面前的只是一盘菜，却在背后凝聚了无数人的心血。

从来没有容易的事，只有你想得太过简单。

3

有读者在后台问我：“怎样才能快速地获得和你一样的写作技巧啊？”

每当这个时候，我都不知道该怎么回答，我之前一直觉得自己很幸运，刚写了 3 个月就能小露头角，实在是全靠大家的扶持与运气。

但有一次我和另一位作者朋友聊起这件事，她说：“不对，你靠的是多年的累积。”

听完她的话，我整理了一下从大一到大三，三年写过的文字。仅仅是写完能成形的，就有 26 万字，还不算那些平时发的碎碎念和小段子。

作家格拉德维尔在《异类》这本书中，提到过一个“一万小时定律”，说的是“人们眼中的天才之所以卓越非凡，并非天资超人一等，而是付出了持续不断的努力。一万小时的锤炼是任何人从平凡变成超凡的必要条件”。

而一万个小时，按照每天工作 8 小时，一周工作 5 天来算，要成为一个领域的专家也需要至少 5 年的时间。

所以，哪有什么速成的不二法门，想要达成某件事，能做的不过是竭尽所能，奔着自己想达到的目标罢了，一如里尔克说的：“有何胜利可言，挺住就意味着一切。”

4

而当我经历过的人与事越来越多，目光所能触及的世界愈加广阔后，我才发现，原来能靠勤奋努力解决的问题，已经是人生中最容易闯过的关卡。

因为除了努力以外，还有智商、颜值、人脉这些摸得到的，以及可遇而不可求的机遇阻挠你。

所以，连最基本的努力都需要别人踹一脚动三动的人，还有什么资格谈前途和理想？反正都在起跑线躺下了，干脆钻进被窝做白日梦会更轻松些。

奇迹，看似神奇，不过是努力的另一个名字罢了。鸡汤喝得再多，都是成功人士吃剩了鸡肉，拿鸡骨架煮烂了给你的，如果无法将精神动力转化为身体力行，那只能永远在原地踏步，甚至节节后退。

你自己如果不努力，就算上帝想拉你一把，都找不到手在哪里！

所以，做人也好，做事也罢，在羡慕别人辉煌成就的同时，千万不要被那些浮光冲涨了脑子，也多去看看人家成功背后的故事。一个人的时间花费在哪里是看得到的，从来都没有什么无需努力就能一劳永逸的好事儿，就算天上掉馅饼了，你张嘴去接，还需要努力张开嘴和对准的这个过程呢！

再说了，天上掉的馅饼，馅无好馅，你敢吃吗？你想要的那些，努力是得到的第一步啊！

所以，仰望星空的同时，千万不要忘记还有……脚踏实地。

你缺的从来不是方法，而是行动力

1

毕业聚会上，老于敬酒敬到我们这桌。我同她素来交好，喝了几杯酒后，话匣子也打开了。

老于问我毕业后有什么打算，工作找好了没有。我说，一切安排妥当，就等着十月份去签劳务合同入职了。不过入职前，我想先来场说走就走的毕业旅行。

老于听完似笑非笑地问我："毕业旅行打算去哪里？还是去云南吗？"

我听她话里有话，带着些许促狭，有些不好意思。

"去云南"这三个字是带典故的。老于家在云南，高考那年同我一样考的是宁夏海南全国卷。我俩算是全班唯二的偏远地区考生，又都考进了这个人口大省，不免有些惺惺相惜，所以刚入学就格外地亲。

每年寒暑假，我都跟老于吵嚷着要去云南找她玩，只是每回计划都往往无疾而终。就这样，“去云南”说了4年，可至今还一次没去过。

老于干尽手中的最后一杯酒，起身拍了拍我的肩膀，对我说：“要来的话，毕业旅行是个好机会。不管你什么时候来，记得给我打个电话就行，吃喝玩乐我全包，只是这回别光说不来了。”

2

老于走了，留下的一席话却让我低落了好久。我开始回顾我这大学四年，类似于“去云南”这样的口头支票开得太多。

大一那年去超市购物回来，看到操场上有人跳鬼步舞，觉得好看极了，心里想着把手上的计算机证考出来，就去社团报名。后来计算机证考完，又紧接着报了会计班，去跳舞的念头被一再搁置，直到再也想不起来。

大三的时候看泰剧，被里面的美食和风土人情吸引，想要去那里亲身体验一番。于是拼命地写稿接兼职，一学期攒下来出去玩的钱了，但找不到有意向结伴同行的小伙伴，我自己又不敢孤身一人去挑战异国他乡，于是旅行计划再一次泡汤。

等我工作实习的时候，一个月里有27天需要背着电脑出差。我的笔记本还是大学刚入学那年买的，反应迟钝，而且特别重，出差一天跑下来，背着它累得肩酸背痛。

我从入职那天就吵嚷着要换台轻点的笔记本，但有时间的时候没钱，有钱的时候还在出差，直到实习结束，我依然背着那台死沉的电脑，一边抱怨着，一边忍受着。

而对待生活的热情与憧憬就是这样被一点一滴消磨殆尽的。

3

我特别羡慕那些想到什么就立即去做的人，他们似乎从来不会被事情牵绊住，就像我的室友珂珂一样。

珂珂是个行动力超强的姑娘，想到什么就去做，有什么困难通通放到实践中去解决，而不是望洋兴叹，畏缩不前。

珂珂刚入学的时候是个小胖丫，寝室的姑娘合计着一块儿减肥，查了一大堆减肥方法。什么节食、跑步、吃代餐，每种方法都有人同意有人反对。折腾了一通，最后决定一起爬楼梯，饭后半小时，从一楼到六楼，每天爬 10 趟。

刚开始的几天，大家还爬得热火朝天，不到一周就有过半的人退下火线，觉得爬楼梯的方法不可行，要再找点别的方法。只有珂珂一个人，在大家找方法的时候，默默地坚持每天爬楼梯，一爬就是一年。

我问珂珂为何不参与大家的讨论，珂珂说：“减肥这事儿，缺的从来都不是方法，而是行动力。在那里讨论得再多，都不如去行动。”

珂珂大三那年去韩国追星，在这之前的一年她就开始学韩语，她说自己不想跟团，又不一定能找到同行的，干脆自己学学语言，保证日常交流就行。

珂珂说，其实没钱、没时间、没旅伴都是给自己找借口，拖延偷懒罢了。如果真想去做，没有条件也会创造条件。青春这么短暂，想到什么就马上去做才是正经事，与其等在原地被未知的困难吓破胆，还不如亲临其境去接受挑战。

而且等你真迈出第一步后，你会发现事情没有想象中的那么难。

我和珂珂说了好几次想买笔记本的事情。珂珂说，你现在有钱有闲，赶紧趁着现在买啊！我往床上一倒：“不行，款式太多，价钱不等，配置我又看不懂，纠结病犯了，等等再说吧，我那台老古董还能凑合两天。”

珂珂一把从床上把我拽起来，对我说，再不疯狂就老了，再不下手就晚了。喜欢就去买，什么都有纠结症，这次就别等等等啦！

蔡康永曾经写道，15 岁觉得游泳难，放弃游泳，到 18 岁遇到一个你喜欢的人约你去游泳，你只好说“我不会耶”。18 岁觉得英文难，放弃英文，28 岁出现一个很棒但要会英文的工作，你只好说“我不会耶”。

人生前期越嫌麻烦，越懒得学，后来就越可能错过让你动心的人和事，错过好风景。

不要让你的懒惰与拖延击垮了你的野心，等到需要用时才发现自己一事无成。想到什么就立即去做，就算有艰难险阻，咱们也走着瞧。

这才是年轻人应该有的状态啊！

这个社会很现实，从来都是拿实力说话

1

某天晚上，听朋友吐槽了一顿饭的时间。她与我都是今年毕业，进了一家业界小有名气的公司。可她进去后才发现公司名不副实，有些浪得虚名，不过同事之间的关系相处得很融洽，就留下了。但那天发生了一件事，气得她想要辞职。

下午她处理手头业务的时候，被人事叫去办公室责问。人事大门一关，摆着黑脸问她："谁让你 9 月份来上班的，不是通知让你们十月份再来吗？"

朋友之前在这家公司实习了 4 个月，临回学校前公司说如果愿意留下来，处理完毕业相关事宜就可以过来了。朋友学校毕业得比较晚，7 月中旬才算正式毕业，公司这边打了几次电话催她去上班，朋友说："手上有事，我七八月份处理完，九月去上班。”

而朋友来上班时，之前带过她的前辈还挺高兴，叫她加油工作。没想到临近月末闹了这么一出，搞得朋友好像故意违约似的。

可朋友首先根本没有收到过所谓的通知，其次员工的工作积极性高涨难道不应该被鼓励吗？为什么还要被批评？而且朋友这边刚从人事办公室出来，就发现自己被公司群踢了出来。

我俩一合计，发现 20 日正好公司财务开始统计出勤和各项补助了，也就意味着开始统计 9 月份的工资。9 月份属于朋友公司的淡季，活儿显然没有忙季时把人当牲口用的时候多，所以朋友哪怕 9 月份一直有在工作，但公司也觉得要多发一个人的工资，很不合适，于是有了上面这一出。

朋友愤愤不平，表示那仨瓜俩枣的破工资还比不上自己写两篇稿子赚得多，原本就是因为喜欢同事间的气氛才留下的，现在连这最后一点留恋都给消磨光了。

我说，没办法，谁叫我们是公司里最不缺少的菜鸟。眼见着新大四生都开始出来实习，我身边的学妹，就整天奔波在各个校招会。实习生是最廉价的劳动力，我当初在所里干了 3 个月，统共才发了 2000 块钱的补助，连交通、午餐费都得自己往里搭。

而我们现在的工作能力比那些实习生高超不到哪里去，在工作履历上还是一张让人脸红的白纸。老员工不爱教，自己要再没个心思去学，公司巴不得把你气跑了，换上些更廉价耐用的劳动力。

之前，中秋我们所里每个人发了300块的礼金卡，就我和一个实习生没有，我回家不开心了挺长时间。300块钱不多，谁都不差那点钱，可“不患寡而患不均”，每个人都有，到你这儿直接被跳过去，很不是滋味。

我和家里说，家人说：“你不开心可以理解，但是在老板眼里，你就是气死了，他都不会在意的。”

没有一家公司是养闲人的，在老板眼里，判断一个人值不值得费心的只有使用价值。

零资历、零实力，这样的人根本不必费心，把你气走了还会有无数人愿意顶替你的位置。要怪只能怪自己是个实力不足以霸天霸地的菜鸟，你要是个业界大拿，人家老板巴不得你早点上班呢，因为能创造价值。可菜鸟在公司里，只能占用资源，没多大用处。

2

好多刚毕业没几年的朋友总是在抱怨工资低，福利少，整天忙成狗但收入与付出完全不成正比。觉得愤而不平想要甩手走人，可每逢公司放出裁员的风吹草动，他比谁都紧张，不想丢掉这份工作。经济不景气，实力不够的人找工作难于登天。

我之前也抱怨过几次，直到有一回跟着前辈们出项目，给我分配了几个科目的凭证让我翻译。五个科目我做了一周，中间抓狂 N 次，返工 N 次，求助 N+1 次，觉得一周时间根本不够用，几十本凭证逐科逐本翻，任务简直太繁重了。

结果最后一天项目将要收尾，全组就我和另一个实习生没完成，派来两个外援，用半天的时间就解决了我一周的难题。

那时候，我才直面自己与他人的差距，才认识到自己在人家眼里不过小菜一碟。

所以，能力不够，效率还低，有什么资格抱怨工资不够、不被人重视呢？

这个社会很现实，从来都是拿实力说话。

大学同学曾经给我讲过她的上司，27 岁就成了全集团最年轻的地区经理。

她 22 岁大学毕业，进入跨国公司，1 年时间拿下 CPA，第二年考下司考，英语专八，工作两年连升三级，顺便生了个孩子，怀孕期间又拿下了他们行业的几个资格证，回来后直接做到地区副总。

又过了两年，发现怀了二胎，那时候国家还没放宽政策，公司委婉地表示要不就先回家休息，上司二话不说递了辞呈，这时好几家公司向她递出橄榄枝，都被她拒掉安心养胎。孩子一出生，原公司老总亲自出马，请她重新回来，工资上调不说，直接提拔做地区总经理。

同学说，她的上司看起来温婉，但只要有她在，就像是定海神针能稳住风浪，还能乘风远航。他们公司的业绩最高纪录全是她攻下的，只有她才能不断地打破自己的纪录，别人只有看着的份儿。

所以，哪怕她回家生孩子，期间都有人愿意花大价钱聘用她，怀孕期间不用上班照样高薪供着。这就是实力，别人学不来也抢不去，只要她乐意，哪怕跌到谷底，照样可以东山再起。试问，随便抓一个抱怨薪水却不敢辞工的人，他们行吗？

3

看过加班加点工作的孕妇，临产前几天还工作到凌晨，怕被人说尸位素餐；也看过小有名气的自媒体人，在赶飞机的车上还拼命写稿，同对接的广告公司职员一起，在中秋节的夜晚吃着泡面赶文案，每一份光鲜亮丽的背后都饱含着不容易。

如果没有外在的重重压力，人都会贪图安逸。大周末的，谁不想趴在床上多睡一会儿懒觉，如果可以松懈，谁愿意累得像条狗？但也因为这些压力，才会督促人们不住地向前奔跑，跑慢了就会被后面的人撵上来取代。如果周围的人都在努力，你原地不动都算是落后。

生活就是这样残酷现实，富有戏剧性。有的人投出 80 份简历都未必能接到一份面试通知，有的人还没辞职就早早地被猎头盯上，伸出橄榄枝。有的人累死累活觉得自己干了全世界的活儿工资还那么低，有的人轻轻松松地工作还能拿到别人数倍的工资。

他做得轻松未必比你干的少，你累死累活可能只是效率不高。你不理解别人拼死拼活考证，嘲笑他最后还不是给老板打工，他缄默不言没有告诉你，打工也分三六九等。

回到开篇时和朋友说过的话题，为什么你积极人家却不承认你？因为你积极带来的产值和工资不成正比，嫌弃工资少，你带来的收益比工资还少。为什么你嫌弃工作，还不敢辞职？因为抛去表面的神气，还能拎得清自己几斤几两。

一个人成功的原因不好总结，天时地利人和都是谜底。但一个人失败，无外乎掂量不清自己的分量，估计不出自己的能力，以及败给盲目的自卑与自信。

你想要被人瞧得起，想要无可替代，想要有一天挺直了腰板拒绝别人的非分要求，你就得拼命做到金字塔的塔尖，因为菜鸟和弱者都没有资格谈条件。

你我都是。

想被瞧得起，变强大再说吧

1

前些日子，我加了小学老师的微信号，和她讲了许多第一任班主任判过的“冤假错案”。

其中一起我印象特别深刻，那时我和一个班主任很喜欢的女孩坐同桌。有一天上语文课，她大概是还在回味前一宿的《同一首歌》。回味着回味着，她竟情不自禁地唱了起来，头两声还挺小，到“星光洒满了所有的童年，风雨走遍了世界的角落”时，几乎全班都听到了，迎来哄堂大笑。班主任气势汹汹地从讲台走过来，同桌一见事情不妙，急忙手指朝我这里一指，大言不惭地说：“老师，我举报！是桃子唱的。”

其声音之洪亮，语气之理直气壮，搞得我都相信是我神经错乱时唱的了。她那一副淡定自若、面不改色的模样，脸皮像是城墙做的那般厚。

但我的脸皮是肉做的啊，所以班主任那一巴掌猝不及防地扇下来，抽得我半张脸发麻，接着火烧火燎地疼，肿起老高。

我这边捂着脸，比琼瑶剧里被虐的女主角哭得还惨，和班主任循环播放：“真不是我，真不是我，是她唱的……”

第二巴掌对称地落到另一边，临着陆还加了个速，班主任咬牙切齿，表情狰狞地说：“小小年纪，一屁仨谎，还学会栽赃了！”

我把这段转述给小学老师，她想了半天，得出一个中肯的结论：“因为当时你成绩没你同桌好。”

后来我上高中，终于也成了老师眼中的尖子生，同学口中的优质学霸。

这时，我发现了一个可怕的事实，哪怕是我和别人同时犯错误，而且我还是主谋，老师都只会批评别人而故意忽略我；而且再也不会有人去质疑我的人品，我说什么他们都认为是真的，是对的。

连考试卷子上我故意写错的答案都成了对的，这些毫不怀疑的信任，仅仅因为我成绩好。

当我发现成为强者，哪怕只是一个小圈子里的强者，都可以主宰别人的生活时，这种感觉是很飘飘然的。我开始试图理解当年那两巴掌的深意，许多时候即使身为当事者的我们，也看不清事件的全貌，反倒是时过境迁后，角色倒置，才能恍然觉悟。

她强，所以没理也成了强词夺理。我弱，成绩不好就等同于人品也差，真委屈啊。

2

达尔文在《物种起源》中阐明了一个道理，被严复在《天演论》里翻译得十分浅白："物竞天择，适者生存。"

生存是什么？就是饿了有口饭吃，不至于饿死就行；天冷有件衣裳，不冻死就行。

目前，我们大多数人都超越了生存，我们想要生活，想要享受生活。

但社会上的资源是有限的，好比一块大蛋糕，有的地方有水果，有的地方有巧克力棒，但水果和巧克力棒的数量是有限的，到了社会上我们都是成年人，再也不能凭小孩子一哭二闹三打滚来获得我们想要的东西。

但我还是想吃水果和巧克力棒该怎么办？只能去争取，但即便如此，有限的东西也只能被最强的那部分人获取。就算你做梦都会想着那块蛋糕，但只要你不够强大，就算再喜欢，也只能看着别人吃，这就是现实。

3

朋友去公司应聘，在办公室外头等了3个小时，结果面试时间连10分钟都不到。他气势汹汹地从公司冲出来，打电话冲我抱怨："你说他算个什么东西，不是上市公司就算了，连个准上市的苗头也没有，那好歹是个BAT也行啊！可他什么都不是，还摆出一副'我就是大爷，来吧，跪舔我吧'的样子！呸！他也配！"

但不管他配不配，是你求着他给你份工作，而不是他求你给他干活啊！

《鸿门宴》里有一句话，"人为刀俎，我为鱼肉"。课文学过好多年了，偏偏对这句印象深刻。

还拿朋友举例，他就是刀俎上的鱼肉，因为现在他的能力还不足以纵横天下，所以他必须在别人的公司，看别人的脸色，找一份工作，为了生存，为了温饱。

在人家的屋檐下，就别谈什么清高的理想了。王菲在《单行道》里唱："有人过了一辈子，只为了一家几口每天都吃饱。"现实得叫人落泪。

你弱，你不得不被强者支配，注意是支配而不是强迫，上司找你干活还用强迫吗？你反抗，还要不要奖金、工资和工作了？但你强就不同了，你有过硬的技能，强大且可用的社交网络，当你发现老板都无法自由使唤你，还不敢拍桌子叫你滚蛋时，就说明你在这个小圈子里已经很强了。但也别急着显摆和嘚瑟，能力越强意味着责任越大，强大且低调着才是通往星辰与大海的唯一道路。

4

我们崇拜强者的同时，自己也想做那个强者。小时候，我们因父母口中“别人家的孩子”心累，虽然嘴上说不要，但心里还是希望能成为那个优秀的人。长大了我们被朋友的朋友圈迷惑，觉得人家不用工作，就可以锦衣华服，饕餮尽享。我们边说不要被朋友圈羁绊的同时，一边恨不得把自己那点值得夸耀的事情赶紧一键分享。

因为人身上是带有一种奴性的，崇拜比自己强大的，鄙视比自己弱小的。这虽然不对，但不得不承认已经深深地融入到我们的血液之中。

举个现实的例子。同陌生人打交道如果加了微信，我们会先去翻翻对方的朋友圈，不光是为了了解对方，还希望通过对方平时发送的状态判断出，他属于哪一个层次。相比于理发店的洗头工，每个人都愿意花费更多的时间与精力去了解上市公司的CEO，哪怕理发店的洗头工对你百般殷勤，你也会觉得对方是想有利可图。而CEO压根不认识你或者懒得搭理你，你也可以分分钟脑补出一部“霸道总裁爱上我”的偶像剧。

事情就是这样简单，媚高踩低说出来挺难听的。但是我们每个人都无可避免地会成为这样的人，这并不是坏事，大概是在平淡的生活中，尚存有一颗未曾磨灭的英雄梦想。

喜欢什么人，崇拜什么人，就努力地朝那个方向奋斗。不喜欢什么人，看到缺点就尽快远离。这话简单说就是，“见贤思齐焉，见不贤而内自省也”。

同朋友写信时，有一段写得特别中肯，大意就是：“不要瞧不起那些夹着尾巴做人的，他们夹尾巴不是为了让自己一直卑微着，直到忘记那条尾巴的存在，而是韬光养晦，为了有朝一日能够高高竖起，好像一面旗帜，向全世界证明自己。虽然弱小过，但终归走向强大。”

但无论是弱小还是强大，做人的初心不能忘记。弱小不代表一辈子就会这样卑微地生活，强大也不代表可以肆意地凌辱弱小。

我特别喜欢一句话：“穷则独善其身，达则兼济天下。”

希望我们都能通过自己的努力，成为一个强大的人，同时别忘了，多做对社会有益的事。

朋友圈里的你，真的好厉害

1

我的同事西西每天都会在朋友圈中发一张穿搭日记，从服装配色到点睛的配饰，同样的衣服总能被她玩出不同的花样，我们这些妹子纷纷点赞，要拜师学艺。但最近半个月西西断更了，而且与我邻座的她，穿得也不再如之前那般讲究。问及原因，西西说："因为累啊，你看我每天只是轻松地 po 张图而已，但我需要头天晚上把衣柜翻一遍，再考虑配色、配鞋、配首饰。有时候还要早起两个小时做发型、化妆，单位的工作已经够累了，坚持真的好辛苦啊，我宁愿倒床上多睡一会儿。"

我觉得西西说的也有道理，我就是懒起来三天都穿同一身衣服的那种人。不管穿得多漂亮，别人也只是赞叹一句"好美"，还不如偷懒睡个懒觉，舒服就好。

没想到一周后，西西又开始容光焕发地出现在单位，穿搭日记断更半个月后也重新回归朋友圈。西西说：“勤快惯了，就没法把懒当成习惯。”

她乱穿衣的那几天，虽然能多睡一个小时，但看着镜子中灰头土脸的自己，感觉世界都跟着变得黯淡无光。昨晚，她终于忍不住了，翻出她最爱的一套衣服精心搭配，早上出门的时候，感觉整条走廊都变成了星光熠熠的红毯。

西西说：“随便穿衣服的时候，你以为是在应付造型，其实是在应付自己的生活。”对明天毫无期待的生活，就像一潭死水，折返于家庭与工作的两点一线，眼睛一睁一闭就是在挨时间。但认真搭配过的生活，会让她有享受生活的感觉，日子再不是被虚度，而是牢牢地把握在自己手中。

2

同样的，之前工作接触到的一个客户阿宁也在我的朋友圈里。她很少发圈，但每一条都正能量满满。阿宁工作特别辛苦，身在投行，加班熬夜简直是家常便饭，但她却依然坚持见缝插针地跑马拉松、练书法，或者写文章陶冶自己。

我们一起出差的时候，每天下班后，我累得恨不得随便找个地儿葛优瘫。回酒店的路程，她却用跑步代替乘车。无论工作多久，她都能保持神采飞扬的状态。对比之下，比她还年轻的我，反倒像个暮气沉沉的老年人了。

出差的时候，我每天坐在电脑前都会背痛，她听我不时惨叫，便要拉着我一起锻炼。我欣然应允，和她跑了一次五公里，感觉灵魂都被掏空了。此后再坚持不住，每次都以“明天再说吧”为借口推托。

周末休息，我多半宅在家里，翻两集电视剧看，再抱着份外卖就打发掉两天时间。她叫我同她一起去爬山，说山里的空气特别清新，正好趁机会换换心情。

我看了一眼正演到高潮的电视剧，放下手中的外卖说：“啊……不行哎，我周末要在家里加班，手上还有好多活要干呢。”

我还有好多活要干呢，这是我最惯用的借口。其实也不算是借口，因为要工作已经在我脑海中形成一个潜意识的条件反射。每次和朋友约着出门时，我总会在脑海里翻来覆去地思考，手上的工作有没有做完，出门玩的时候会不会耽误工作的进度。但事实上虽然我的工作很忙，但完全不至于把24小时挤得满满当当。但借口用久了，就真的会成为压在心上的一块巨石。

挪也挪不开，只能任由它那么压着。为了把谎撒得更圆满一些，我还拍了张电脑与底稿的合影，配字：8小时以内求生存，8 小时以外求发展。想了想，没屏蔽掉老板。

3

在我发完图后，发现住我对门的 Lucy 也发了图，照片上她没露脸，只露出两条大长腿，手边举着一杯橙汁，配文：周末休闲，阳光海滩，一会儿去吃大餐。

Lucy 经常会发一些特别有小资情调的朋友圈，有时是受客户邀请去打高尔夫，有时是拿到了某电影点映会的门票。只是她从来都不在里面露脸，给大家一种低调成谜的感觉。

只是我腹诽，既然出门了，堆在楼道的垃圾怎么不知道带走？不过还是随手给她点了一个大大的赞。

照片中装橙汁的杯子好像还冒着丝丝凉气，跃动的橙色勾得我馋虫大作，想要下楼去买。裹着睡衣，拖着拖鞋，睁着睡眼惺忪的眼，刚推开门，发现此时此刻应当正享受阳光海滩的 Lucy 竟然同样裹着睡衣，头发乱作一团，迷迷怔怔地出来扔刚吃完的方便面。

我俩面面相觑，带着直冲云霄的尴尬。而我客厅里电视剧的男主角歇斯底里地高吼着“难道你始终在欺骗我”。而 Lucy 干笑了一声，手里还攥着手机，应该也看到了我刚点的赞。

我硬着头皮打破尴尬：“那啥，工作之余放松一下。”

Lucy 紧跟着就坡下："出行之前，做个预告。"

这下我俩的谎便都自欺欺人地圆上了，但我也没心情买橙汁了。有的人是真厉害，所以朋友圈中哪怕只露出冰山一角，都让人羡慕得不得了。而有的人，就像我和 Lucy，有时候朋友圈只是我们两个掩饰自己懒散、单调的一种手段。

同样的朋友圈，在有的人面前是窗口，在有的人面前却是照妖镜。

正要关门的时候，听见 Lucy 在后面叫住我："嘿，我上周刚买了辆车，一直没时间试，趁着今天有时间，咱俩也别瘫在家了，要不你陪我试试车呗？"

我揶揄 Lucy，"去阳光海滩吗？"

Lucy 反唇相讥："是啊，你也不能总拍电脑和底稿。手机里总得存点别的照片，以备不时之需。"

说完，我俩各自掉头回家收拾东西，在家怎么邋遢都可以，出门玩可是要发朋友圈的，一定要精心准备。

10 分钟后，我俩各抱着一大袋东西，更夸张的是，Lucy 还搞了一把巨型遮阳伞。

在路上，我和 Lucy 说，好像上班之后，几乎每个周末都是在家宅着过的，反正也没有男朋友给我动力。但我之前问过同样单身的阿宁，出差的时候都在外面跑吐了，为什么休息的时候不在家补觉，还成天往外面跑？阿宁笑笑说："因为我辛苦工作是为了更好地享受生活啊，但大多数人却把工作与生活本末倒置了，为了工作放弃生活，所以越干越没乐趣，越活越痛苦。”

工作不是生活的全部，全被大多数人当成了全部的生活。将本可以释放出无限可能的人生，过出了一成不变的效果。但像阿宁和西西这样的行动派，却懂得生活的智慧，用乐趣打败宅、懒和拖延。她们的生活，真的和朋友圈里一样厉害。

Chapter 2

没吃过穷的苦，你凭什么说钱不重要

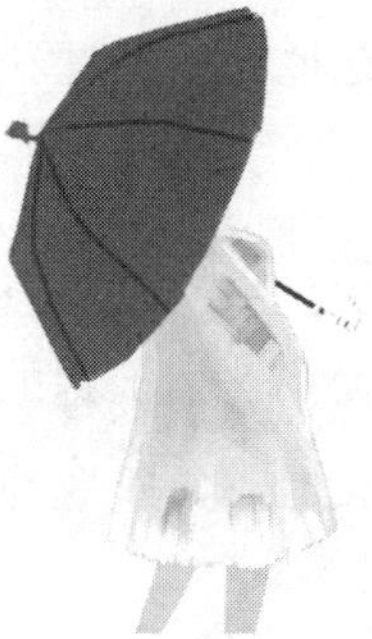

有钱才有安全感。

经济不独立，

凭什么说钱不重要？

别人给的再好，都不如自己奋斗来的好

早上，妈妈给小姨做了煎粉，醋放得太多，连嗜酸如命的我都直叫酸倒牙，可小姨还是无比满足地吃掉一小盆。

小姨爱吃煎粉的原因，有点心酸。她十几岁的时候，姥姥家条件特别不好，小姨上高中时，每天中午下课铃一响，同学们总是三两结伴去学校门口吃煎粉，可小姨却只能每天在教室里啃着从家里带来的馒头就咸菜。煎粉不贵，不过一块钱一碗，可是手里连一块钱都没有的小姨，只能看着别人欢笑而去，有时谁打包回来，人家在一边吃，她就猛猛地吸几口气，再低头啃着她没滋没味的白馒头。

后来，她大学考去北京，奋斗十几年，也成了别人眼里事业成功的职业女性。天上飞的，海里游的，地上跑的，没有她没吃过的，但旁人问起最喜欢吃什么时，她永远都十分笃定地回答："煎粉。"

其实，煎粉不过是粉面过水做成粉坨，再拿锅一炒兑些麻酱而已，没营养也没有多好吃。但我们都知道，她喜欢的不过是自己求而不得、那一碗从不曾拥有过的“记忆中的煎粉”。

我上小学时，最爱看的动画片就是《梦幻芭比》。第一次见到真的芭比娃娃还是在青岛的大超市里，那一盒盒包装精美的娃娃，装扮入时，如同飞瀑的及腰金发闪着亮眼的光泽。那是同我家里拥有的那些塑料空心胳膊、双眼无神、头发稀疏的劣质娃娃都不同的。

我拉着妈妈的手问她：“能不能给我买一个芭比娃娃？”

妈妈看了眼三位数的价格，皱起眉头强行要拉我走，甚至连多看几眼的机会都不肯再给。若是现在，没有就没有了，可那时年龄小，不知道父母赚钱不易，只觉得愿望没有满足，是他们不爱我了，蹲在柜台前哇哇大哭，不肯离开。

最后我也没有得到那个漂亮的芭比娃娃。

这块心病一直持续到初中。我像是犯了魔怔，每逢芭比娃娃的柜台就挪不动步，甚至到了超市第一件事就是去那里站一会儿，隔着塑料外包，摸摸这个看看那个，总希望有朝一日能够得到它们，到后来我再一去，那里的柜员都会告诉我：“你看，中间那个是新来的。”

我也在日记本中暗自许誓：“等以后我长大了，我要专门空出一间房，摆满芭比娃娃。”那些精致的娃娃，就像煎粉之于小姨一般之于我，成了一块系了死结的心病。

哪怕长大后，我知道实在是经济不允许，而不是父母不爱我，却还是解不开那块心结，像是受了伤的小动物，即便我早已经不喜欢它了。

我初二时，爸妈从外地工作回家，打开旅行箱最上面放着的一个巨大的芭比盒子。妈妈郑重地把它递给我："这么多年你想要也没给你买，现在一次性给你款限量版的，喜欢吗？"

喜欢，怎么会不喜欢？却也不如当年在柜台前痛哭流涕的那个小女孩那样喜欢了，那时芭比好似我生命中不可或缺的一部分，如今不过是好看的点缀和身外物。

但我从未因此怨怼过父母，他们在我的童年尽他们全部之力给我最好的生活，给了我温暖的家庭、强大的内心，让我不必从他人身上汲取安全感。他们给我丰富的藏书，增长了见识，帮我养成良好的习惯，受用终生。他们给我太多，唯一没给的那个芭比，也不过是来得迟些而已。

而那个芭比，纵然是童年一个不圆满的梦，却也替我养成一种"诸事不求人"的性格。

我开始学会不去将愿望寄托在别人身上，想要什么，我就去自己奋斗，自己靠头脑、双手打拼来的，总比接受别人的来得心安理得。

想买好看的鞋子，可以，给自己设定一个目标，达到了就去买，因为是自己努力得来的。没达到，那就不要，也不会留下什么缺憾。

经济学上讲，“经济基础决定上层建筑”，可完全令经济和物质左右自己的人生，未免就太过无趣了。上海交大的校长曾在毕业典礼上讲：“你可以一无所有，只要你的精神还在。”

经济并不该只是决定上层建筑，更该促进上层建筑，使精神在物质的正向促进下，变得愈来愈好，这才是物质正确使用的不二法门。

看拖沓的自己也能变得利落，看那些自以为完不成的任务、克服不了的困难，在自己一点一滴地打拼下丢盔卸甲。同自己较劲，而不是同那些无法挽回的“失去”消耗心神。

不囿于过往，也不过分期冀未来。就靠着自己的努力，脚踏实地地一步一步走下去。从当下开始，将未来把握在自己的手中，成为自己命运的掌控者；而不是为了得到什么，让别人支配你的意志去做选择。

想要穿漂亮的花裙子，就从此刻起“管住嘴，迈开腿”。

想要让自己的文章被大家看到，就多读多写多思考。

想要获得上司的赞赏，就将分内的事努力做到完美，并持续自我提升。

因为这一切，不会有人替你准备好，你想要的，能且只能靠你自己。

而且，靠自己努力得来的，比别人给你的，要好多了。

没吃过穷的苦，你凭什么说钱不重要

1

前几天，听家里人说，有个跟着我爸好多年的工人在接孩子放学的路上，被警察给抓走了。那天，我爸刚从他家回来，把之前没结算的工钱给他结清了，回来和家人复述时唏嘘不已。

我对那人的印象一直不算太好，接触过几次，总觉得那人特别爱占小便宜。快 40 岁的人了，好像什么东西都没见过似的，我爸请他们吃个饭，拿着菜单不撒手，这个想吃那个也想吃。听得我在一旁直想翻白眼，觉得这人真贪婪，是比别人凭空多长了几副肠胃吗？不然点那么多可得撑爆肚皮。

所以，他被抓走我虽然惊愕，但也没觉得有多可惜。我把这想法直接和我爸坦白，我爸没直接责备我，而是换了一种方式给我解释。

那个工人出身很苦，他爸在他不到两岁的时候，就因为犯了些事儿被抓进监狱，蹲了十几年才出来。他爸进去没多久，他妈嫌日子过得太苦，跟别人跑了。那时候，他家弟兄三个，最大的也就 6 岁，带着两个小弟弟，过着满村子吃百家饭的生活，还经常吃了上顿没下顿，所以他才会见什么都稀罕，有什么都想吃，因为从小到大，他的精神和物质始终是贫瘠的。

只有拥有过的人，才有资格评价值不值得拥有，而从不曾得到过的人，自然有机会什么都想要。

后来，他稍微大了些，就出去给人当学徒，好不容易学了点手艺，也找到了个愿意嫁给他的姑娘。原以为苦日子熬到了头，生活可以走上正轨了。准丈母娘非得要两万块钱的彩礼，一个从小连家都没有的穷小子上哪里搞两万块钱去？当时，他有一个朋友，路子不大正，跟他说要不就去踩点偷点去。狗急了还跳墙呢，人逼急了什么事儿干不出来？

俩人在一工厂仓库踩了半个月点儿，然后趁着一个无人值班的晚上，就偷了些东西出来变卖。没几天，他们就被警察抓住了。当时，警察先抓了他那个路子不正的朋友，那人当时死活没把他供出来，所有的罪责自己都承担了，他被当成嫌疑人扣了十来天就给放出来了。

事情发生在 10 年前，虽然中间发生了波折，但他到底也没娶到那个姑娘。后来去了外地打工，娶妻生子，特别吃苦耐劳，日子过得还算红火。没想到就在这么一个接孩子放学的傍晚给抓起来了。

若是旁人，我可能还要说上一句“法网恢恢，疏而不漏”，他违法犯罪，被逮住活该。但听我爸说完之后，只能感慨一句“可恨之人也有可怜之处”，再刻薄的话，是多一点也说不出来了。

如果能够吃饱穿暖，除非心理疾病，否则谁乐意放着安稳的生活不过，去铤而走险，过着整日无法安眠、唯恐东窗事发的日子？

2

前段日子，眼见着要过年了，朋友圈都是一片欢乐祥和晒年终奖、晒车票的气氛。我朋友小C却什么都没发。如果我问他，他一定会说：“有什么好感慨的？你知道我最讨厌过年了。”

小C在陌生人面前算是个小富二代，经常一身名牌，吃穿用度虽然不算奢侈，但总要比普通水准高上一些。别人不知道，反正我刚认识小C前，总觉得他是个不知人间疾苦的公子哥，像他那样的人，怎么可能会缺钱，更不可能吃过没钱的苦头。

但事实不是这样，小C讨厌过年，甚至是害怕过年。这和钱也有很大关系，说起来也算是一桩童年阴影。

小C他爸是做工程的，凡是和房地产沾边的，听起来就很浮夸、有钱。尤其是做建筑加固这方面的，随随便便一单活儿，就是几十、几百万。但这行也是出了名的三角债大户，每年都有媒体替农民工讨薪的新闻出现。

大家都只看到可怜讨薪的民工、拖欠工钱的开发商，但都忽略了他们中间的枢纽包工头。小C他爸就是个包工头，逢年过节是小C最怕的时候，人家小朋友都欢天喜地地和爸妈出门过节，小C却被他爸妈再三叮嘱，放学注意点有没有人跟踪你，如果有陌生人要带你走，一定要撒腿就跑，或者找人求助。

因为很有可能，一不小心就被人绑架了。

小C他爸也不容易，外人看着无限风光，实则内心凄凉。经常为了要点被拖欠的工程款，蹲在甲方楼道里一蹲就是一宿，还时常被人玩调虎离山。但民工没有因为老板也没要回钱不容易，工资就延期再要一说。

所以，经常大年三十，别人家外头放鞭炮，小C家紧掩的门窗被人敲得震天响。这事儿任是搁在谁身上都不可能没有心理阴影。

当年，我们去看《私人订制》，电影一般，倒是有句台词直接给小C听出了眼泪，大意就是，对于好多人太阳一升起，意味着新的一天即将开始，可对于另一些看起来很风光的人而言，却是银行贷款利息又多了几十万，而前一天他可能为此彻夜难眠。

2

我也穷，我觉得自己的物质贫穷已经影响得我精神也开始贫穷了。穷的表现是什么？不是说你一无所有那才是穷，而是你银行卡里明明有钱，但是你不敢花。

是你每打算花一分钱的同时，会想到好多种其他花钱的方法，最后你选择了并没有那么喜欢却是性价比最高的东西。

穷是你都控制不住剁手买买买了，却还是会下意识地选择价格从低到高排列。

穷是你整天加班累得要死，每天吐槽一百八十次，什么破工作，老子要辞职。可只要老板脸色稍微难看一点，就浑身寒战，因为你知道自己不能失去这块生活来源。

有时候，比上不足比下有余，比一无所有还要让人崩溃。

你能够见识到更好的生活，却只能干瞪眼望着；你又怕自己沦落到不好的生活，所以逼着自己拼命努力。

但不管你怎么努力，好像都离着更好的生活十万八千里，却与不好的生活只有一步之遥。没钱的日子就像上阵杀敌，热血和勇气全都有了，拎着一把枪却发现里头只有一发子弹，瞄准谁才能让这发子弹不会被浪费？真是糟心却又无可奈何。

某天，我和学姐吃饭，聊起某网红，整容次数太多都整残了。我俩一通吐槽完毕，学姐半晌，幽幽地补充了一句：“但是能整容成网红脸的，大多都非常有钱啊。”要知道，整容也是一笔不小的费用呢！

彼时，我们两个人在公交车站等车，在寒风中冻得瑟瑟发抖。

一个穿着黑色小貂的姑娘挎着名牌包包从我们身边路过，开走了一辆玛莎拉蒂。

但是，“就算觉得他们的日子过得特别浮夸，我也想试试浮夸日子的过法啊……”

4

经此，我得出了一个结论，无论是小时候穷，还是长大了穷，都极其不利于人的健康成长。人一旦穷，就会给自己一个穷人的思维定式。而且因为穷使小孩子经历过一些不好的事情，很有可能影响他一生对某种事情的态度。

就像是我们说的“女儿要富养”，不光养她的物质，更重要的是养她的精神，这样，她长大后，才能抵御得住外界的诱惑。

富养的前提，就是不能穷啊！

有人住高楼，有人在深沟，有人光万丈，有人一身锈。穷人有穷人的苦处，富人有富人的糟心。大家各有不易，谁也别仇视谁。“人穷志短”这话没错，经济基础决定上层建筑，但有钱人的志气也未见得多长。

我不仇富，也不厌穷。我只是觉得为人处世要综合看待，不要直接给人扣上一顶大帽子而不去追溯其发生的原因。就像是我开篇举的第一个例子，事儿没落在自己身上，好像谁都能满口“仁义礼智信”的大道理讲得一套又一套。可要真把谁放进绝境里，还指不定做出什么事儿呢！但我也不想为违法的行为作辩驳，毕竟人再穷也要守住一个底线，什么该碰，什么不该碰，心里得敞亮、清楚。

天涯曾经有一篇热帖叫《寒门再难出贵子》，我第一次看的时候还在上高中，那篇帖子一度令我意志消沉，觉得自己努力白费，这社会原来不光拼的是谁更努力，还要拼爹拼妈拼人脉拼门第。

上大学后，我又读了一遍，发现社会虽然现实，却还不至于不给普通人活路，总有那么一些人，能够靠单枪匹马、赤手空拳给自己杀出一条路来。刘媛媛在《超级演说家》里有一段话，我特别喜欢，她说：“命运给你一个比别人低的起点，是想告诉你，让你用你的一生去奋斗出一个绝地反击的故事。”

未曾清贫难成人，不经打击老天真。“穷”不是人打破底线的借口，同样也不该是阻止追求美好生活的拦路虎。

只是我心中一直有个美好的愿望，就是希望自己早日成为共产主义的接班人！

只有学会买买买，才能更好地赚赚赚

1

某天，我和大学时的好朋友逛街，我俩去了所在城市最高档的一家mall。大厅宽敞明亮，水晶大吊灯隔几米就是一盏，晃得人眼瞎，但与周围赫赫有名的奢侈品大牌相比，丝毫不显浮夸。

我俩来来回回在卖爱马仕和香奈儿的那一层走了五六圈，挨个橱窗点评，对当季新品从设计理念谈到有哪个明星刚刚穿过同款，然后出门直走找了个路边小摊吃了两碗酸辣粉。

那个mall，自打开业以来，我俩也去过百十来回了。我俩和那里的每一块大理石瓷砖都混了个眼熟，却从来没走进过一家店铺里。原因无他，一个字“穷”，我俩每个月的工资加一块儿，还不够买人家一个拉锁或者鞋带。

朋友说，虽然如此，但自从上班经济独立后，我觉得来这里的底气都比从前足了，我相信通过自己的努力，攒一年我还是能买下D&G连衣裙的半只袖子的。

我说：“是啊！而且我们可以先设定一个小的目标，不用先赚一个亿，我看前几天微博上刷YSL的西柚色口红很好看，我们完全可以毫不费力地拿下一只。”

说完这些，我俩连嘴里的酸辣粉都嗦得更响了。

2

我俩都谈不上拜金，但都喜欢买点贵的、吃点好的犒劳自己。朋友在一家外企保险公司做订单处理工作，每天上班9个小时，从落座开始就要接收一整天中英夹杂的狂轰滥炸，各种英文资料纷沓而至已经快要将她吞没。作为公司为数不多的菜鸟，老油条们偶尔还会把自己分内的工作，以器重的名义交给她。

她独自一人在异乡打拼，每个月工资扣除五险一金后，勉强够3000块，交完房租1500块，剩下的就是她全部的生活费。有时候工作生活压力太大，她就打电话给我说：“走吧，出去吃顿好的。”生活已经足够严苛，更不要指望着别人拯救你，人成长的路上，要学会的第一课就是善待自己。

而我们两个已经被工作占据了绝大部分的时间，更没有“说走就走”的勇气。所以，唯一能令我们迅速获得满足的就只剩下买买买了。

但最开始的时候，在买买买上，我们对自己都不够有魄力。

有一次，我俩逛街，朋友在Muji相中了一台香薰机。我俩挣扎纠结犹豫徘徊不定了半个多小时，对着上了五六百的标价，最后还是没攒够刷卡买单的勇气。朋友说：“得了，我回去上网找找有没有同款的，还便宜。”回家后，她真的在网上找到了同款的，又从低价到高价一筛选，最后买了个100块的，还超值附赠五瓶香薰。

到货后，她发现山寨的香薰机虽然在外表上和正品毫无差异，但通电后，山寨的喷雾特别小，而送的精油她只用了一次就头昏脑涨，丝毫没有在店里试用时的清爽感觉。朋友说：“我这真是得不偿失，我认真努力地工作，昏天黑地地进修，为的就是能变成更好的自己。”

但什么是更好的自己呢？工资从3000块变成5000块吗？在公司里只要不被开除，就是干完活后成天躺着，一年期满工资都能自动升级。

还是拿下更高的职业资格证？朋友考保险资格证，回家后就往桌前一坐“入定”到12点。一个月她瘦了10斤，精神高度紧张，压力还空前巨大，头发成把地掉。到公司时同事打趣她，说还以为走私了只熊猫。

我和朋友说，我们这么努力拼死拼活地工作、晋级加薪是为了什么？是为了更好的自己，我们心中期待更好的自己是什么样的？

最直观的就是，我们可以随心所欲地在商场买买买，而不是回家到网上搜搜搜。我们看见心仪的衣服，做的第一件事不是翻开吊牌，考虑能不能买得起，而是只考虑穿着好不好看。我们可以挺胸抬头地走进过去连门都不敢进的奢侈品大牌店，不会在人家说“欢迎光临”前，就想落荒而逃。我们想要的更好的自己，是喜欢哪支口红就直接去买，而不是把全部希望，寄托在美妆博主的转发抽奖，或者寻找替代色。

口红的颜色，也许可以替代。奢侈品大牌，买不起也能找到山寨。但你在自己身上投入过的金钱和精力，却会渗透进血液，刻画进气质，展现在言谈，在你的精神中留下深刻的烙痕。

那些有能力买却舍不得买的背后，是你觉得自己根本配不上更好的。

3

我上大学时就开始做兼职，每个月赚的也不算少。但我不舍得花，总觉得钱攒在银行里，心里才踏实有底。有回要去香港玩，出门前置办行头。相中了条 3000 多块的裙子，牙都快咬碎了也没舍得买，我妈知道后直接就给我刷回来了。

实不相瞒，那是我之前穿过最贵的一件衣裳，还是件夏装。

但穿上那条裙子后，我觉得自己一下子从公园遛鸟的老大爷跃身变成白富美，整个世界都是我的主场。走在路上，我觉得自己让女人妒忌，让男人着迷，连指甲缝都在闪闪发亮。

我这才明白原来花钱比赚钱的感觉爽多了，钱赚得再多，顶多是银行户口再多个零，看多了毫无成就感。但买东西不是啊，穿上3000块的裙子后，我觉得自己超贵，再不会被人一撩就想入非非，更不会和临买单就上厕所的人一般见识，我穿的可是3000块的裙子啊，和他们不在一个层次。

我高端，我大气，我自己赚的自己花。我想要什么，我都能自己买得来。我觉得那条3000块的裙子，带给我的自信自尊自爱，比看一百本励志鸡汤都要实在。

而且我坚信自己，3000块的都穿了，30000块的还会远吗！

之前我有一个朋友和男朋友分手了，原因就是她花自己的钱给自己买东西，但男朋友总会数落她："买那么贵的东西干吗？再贵的东西穿在你身上都像地摊货，还不如直接去夜市买，买十件都没你一件短袖贵。"

朋友反驳："我又没花你的钱！"

直男癌反倒理直气壮地说："以后你是要嫁给我，那钱就是我们两个人的共有财产。你现在都这么能花，以后还不得败家？"

气得朋友当场就提出了分手，结婚前都这么抠搜，结婚后还不得给她剥层皮？

总有人说“女孩不要太物质”，说这种话的不是“穷 ×”就是“直男癌”，在力所能及的基础上让自己享受更好的生活，这根本不叫物质，这叫自我激励。

只有学会买买买，才能更好地赚赚赚。

偶像就是比你先抵达梦想的那个人

如果你喜欢了一位偶像，请你一定要去看一场他的演唱会，亲自去，要亲眼看看他，好好看看他。因为舞台上的生命可能持续很久，也可能转瞬即逝。如果你喜欢了一位偶像，请你一定要为他写一些文字。不追求华美，不强求确凿。只要清醒记录你所有的思念与战栗，所有的真实与感悟，所有的明媚与忧伤。

——蔡康永

1

晚上刷我女神微博，发现她竟然能在跑步机上一口气跑半小时速度14，想想我这几天在健身房，速度8都跑不完一首歌的时间，不由得暗自发誓，一定要增强身体素质，有朝一日也能跑到速度14。

总有人问我：“有时候感到迷茫，觉得没有奔头，怎么办？”

实话实说，现实中的我也没有那么多的鸡血可打，也会迷茫、困惑、不解以至于经常一身的负能量，所以有时候写给你们看的鸡汤，本身也是我自我开导的一个过程，在没有找到坚定的目标之前，我们还是需要励志的年轻人，这时候偶像的作用就非常大。

我的偶像就是开篇说过的女神，虽然三次元异常低调，但喜欢她 9 年，还是多少了解到一些关于她的信息。名校出身，毕业后从事金融行业，日更 4000 字，连续 9 年保持着一年至少三本书的成绩，去年售卖影视版权成为全晋江唯二过千万的大神。除了金光璀璨的履历，她还风趣幽默、志趣高雅，每天坚持跑 5 公里的情况下，还能练习书法。

如果你了解她，你会惊叹于她竟然将时间规划得如此高效。我也尝试着把手头需要完成的工作罗列出来，逐项完成，中间省去大量发呆、玩手机的时间，一天之后发现其实我也可以做到这些。

之前总是感慨时间不够用，好像无所事事地就将一天消磨殆尽。认真开始规划时间的时候，才发现如果把整天刷微博、豆瓣、朋友圈的时间留出来，做一些能够提升自己的事，其实每个人都有机会成为别人心目中的大神。

就像那句话说的，“以大多数人努力程度之低，根本轮不到拼天赋”。有时候我们还没有开始努力，就觉得前途暗淡无光，想要自暴自弃。觉得别人的成就，可能穷尽我们的一生都无法达到。

但说句已经被人说到俗烂的话，只要你有所努力，就一定会比昨天的自己更加优秀。哪怕你察觉不到，日积月累后也会在某一天别人发出的赞叹声中明白，每一份努力都不曾被辜负。

2

我是一个有很多偶像的人，音乐圈的，写作圈的。前几天某个少年组合的队长过生日，粉丝们强大的应援，遍及全球，横跨海陆空，不少人嗤之以鼻，觉得粉丝脑残拿那么多钱砸出去，明星能知道你的名字吗？

我自己也追星，偶像出本几百块的个志，省吃俭用也要买买买。同为粉丝，虽然喜欢的人不是同一个，但粉丝的感情是一致的。我们的喜欢是微不足道的，而我们与偶像之间也隔着海与天的距离，喜欢他的人那么多，我只是其中的一个而已。

我的狂热，我的追逐，我毫不犹豫地为偶像献出自己的钱包，不是为了让他知道我的名字，更不是期冀有所回报。

只是感谢在我踽踽独行于黑暗时，他的某个动作、某种精神、某句话像是划破夜空的明星，在那么一瞬间替我照亮了前行的路。因为他，我有了前进的动力，每当我沮丧低落的时候，发现他也在咬牙坚持，我就能鼓起勇气继续前进。

因为他感动了我，使我收获快乐与满足；也因为他，我能认识到更多志同道合的朋友。偶像的存在像是帮我推开了一扇门，打开了一扇窗。他率先抵达了那些我心生向往却还力不能至的地方，因为他，我才能早早地见识到原来世界上有这么多的美好，原来努力的话真的能收获回报。

心生希望，满怀力量，偶像就是比自己先抵达梦想的那个人。所以，我喜欢他，并愿意追随他。

我们都是成年人了，懂得利益互换的道理。偶像带给我的影响远多于我为他付出的一点版税、门票和应援。精神上的收获，是不能用物质衡量的。就像是我的女神之于我的影响，我能坚持写这么多字出来，也是希望有朝一日能离她更近一点，希望她能看到我的文字，知晓喜欢她的也是一群不懈努力的人。

基于理智的付出，怎么能称之为脑残呢？这更像是朋友之间的你来我往，茫茫人海中能够认识他，都觉得是上天的恩赐。

3

选择一个正能量的偶像，他带来的能量是无穷的。自从知道女神每天练字后，群里便自发组建了练字小分队，从最基础的横竖撇捺开始，临摹钟王颜柳。有人学起剪辑，根据女神小说中的情节，剪辑出MV，发到网站上也变成了大家口中的大大；有人因为女神的书，找到了自己喜欢的专业方向，并以女神为榜样，前几天群里刚有个姑娘考上了清华的直博。

每个人都在生机勃勃地向上生长，看到女神利用午休时间更文的时候，大家也会暗自努力，不让自己的时间在无所事事中被荒废。这就是偶像和榜样的力量。

之前听过一朋友说，她们出版社有个姑娘，初中时偶然看到了一位大神的小说，自此不可自拔地爱上了，追随那位大神一直到大学毕业。这期间大神笔耕不辍地出了许多本书，许是五行缺木，出版过程总是不尽如人意。因此，姑娘毕业后应聘进了出版社，她的梦想就是帮大神顺顺利利地出书，后来真的梦想成真了。

她不但成了大神的责任编辑，还与大神变成了非常要好的朋友。许多人说嫁给偶像，是迷妹最幸福的事。帮助偶像走向一个又一个的人生巅峰，又何尝不是？

我们都是长途跋涉、攀登人生峰峦的旅人，在向上攀爬的路上难免会疲惫、沮丧，但只要有人伫立在前方，如同黑暗中的一团火、夜空中的指明星、峰顶上招摇的旗帜，我们就会有方向。朝着他的方位不住前行，因为那里是离梦想最近的地方。

有生之年遇见你，已经是我今生最大的运气。

自己买的口红才涂着爽啊

1

我有个提神良方，每次昏昏欲睡、无精打采，觉得自己就是条咸鱼没有未来的时候，我就买东西。平时想要什么先放进购物车，没有斗志的时候再结算。看到银行卡上的数字被哗哗扣掉，那时我听到的不是心碎的声音，而是前方吹响的号角，高唱着“向前，向钱，向钱”。

财务自由，真的是太爽了！

我大三下学期升大四的那个暑假，基本实现了财务自由，到现在再没伸手和家里要过一分钱。虽然我爸妈从来没有在财务上苛刻过我，但是花爸妈的钱和花自己钱完全是两种截然不同的感觉。花爸妈的钱有负罪感，爸妈还在负重前行呢，你有多大脸才能奢侈浪费啊！但花自己赚的钱就心安理得多了，想要什么买什么，也不用和谁请示，喜欢就拿下。

以前我和朋友出去吃个饭，还得看生活费结余多少。有时候囊中羞涩，就和人推托说自己没有时间，毕竟我也不是觍着脸让别人买单的人。可自己赚钱就不同了，想吃什么吃什么，心情好了想请谁请谁。财务自由，人生中可选择的东西，也一下子变多了。

一下子实现财务自由的感觉，和穷小子变成暴发户的心理转变差不多，走在马路上腰板挺得溜直。有些店以前进都不敢进。有钱之后第一件事就是进去转一圈，虽然依然买不起，但是心里是满足的，我今天买不起，我攒几个月就买得起了呀！最初实现财务自由的满足感，主要来源于“自食其力”。

2

实现财务自由的下一阶段是“自立自强”。

你自己有了赚钱能力，你就会试图去赚取更多，在追求财富更大化的路上，挖掘的还有潜力。自己赚的钱握在手中，那是对你能力的认同。赚得越多，说明你越有能力。这也就意味着，你不再需要依靠谁。

开始你会为了钱满足，接着满足你的是自信与能力。

想要口红，用不着和男朋友费口舌，或者费尽心机地暗示对方，让他给你买。不就 300 多块嘛，自己掏不就得了，喜欢什么色号，买什么色号。别人还在和男朋友磨嘴皮子呢，你已经把口红拿到手中，美美地涂完出门了。

爽不爽？我就问你爽不爽？

3

我在家闲不住，有时间就跑出去玩。有回去外地，在先锋书店待到关门，出来时快 11 点了。叫了辆出租车回宾馆，司机见我就一个人，便问：“你男朋友怎么没和你来啊？”

我当时留了个心眼，怕被人知道自己是一个人不安全，就说“男朋友”在宾馆待着。

司机就说：“啊呀，那你出来还不得自己花钱？把男朋友叫出来，不就他买单了？”

我当时听着好气哦，虽然知道他没有恶意，只是有些大男子主义，觉得女生和男朋友出来，就要男人花钱。

但这都什么年代了，就拿口红这事儿来说，不少男生不管有没有女朋友，也不管女朋友有没有和他要口红，都借题发挥冷嘲热讽一番，简直是积怨已久！

这年头无私是相对的，自私才是绝对的。

愿意给你花钱的男人，有没有？

有！

你现在正值青春，容颜正好，几百块钱就能收买芳心，这买卖简直太划算了，不做的人是傻子。

但等你年老色衰，再也比不上外面那些勾人的小妖精时，那个曾经信誓旦旦地说会养你的男人，真的能信守诺言吗？

爱你时给你买包，不爱你时，连买包子都吼你败家。

一个女孩能让人心甘情愿奉献钱包的青春，没有几年。

但靠自己赚钱，想花就花、想买就买的期限，是一辈子。

4

不要相信天长地久，可能下一秒钟就会上演翻脸不认人。

之前在火车上遇见一大姨，和她聊了一宿。说得最多的就是，女生无论以后嫁了个什么样的人家，是大富大贵，还是一贫如洗，都记着一定要有自己的工作，一定要财务自由，一定要靠自己。

千万别把男人的“我养你啊”当作浪漫，头脑一热就辞了工作，在家做围着锅台丈夫转的黄脸婆，他对你再好，给你再多，自己没有能力去赚，都算是施舍。他可以养你，你也可以花他的，但如果有一天，你们之间的感情出现了问题，没有工作没有经济来源的人，只能忍气吞声，死乞白赖地抱着人家大腿不敢撒手。有工作的人就不一样了，没感情了管你爱谁谁，离开你，我又死不了。

女人，就得有这种当断则断的魄力。

一直很欣赏范爷的那句“我不嫁豪门，我就是豪门”，其他不论，只是这股劲儿就已经堪称当代女性独立自强的楷模了。靠别人，低声下气；靠自己，扬眉吐气！我现在巴不得和小帅哥吃饭的时候，让我买单，一顿饭就能体会一把当富婆的感觉，和给女朋友买支口红就想做大爷的心态差不多吧。可越有底牌的人越惜羽，人家才不乐意和不相干的人存在金钱牵连。

你若有心你就买，你若无心我不求。

靠摇尾巴乞怜的是小狗，姑娘有钱，才不稀罕呢！

Chapter 3

在还没有人疼你的时候，你必须活得像个“爷们儿”

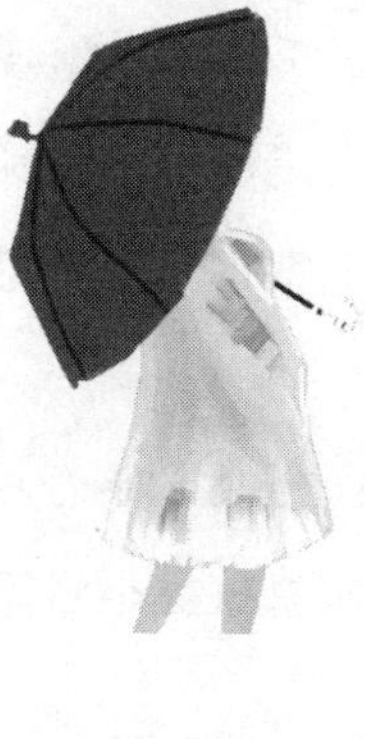

没人好依靠，

我们就只有自己靠自己。

永远不必苦等那个放鸽子的人

我同核桃小姐约好某周六晚上 7 点去影院看电影，头一天晚上我收到了她的微信，她把我们要看的电影、场次、影院地点等事无巨细地发来一遍，并向我再三确认，“你记住了吧，千万不要忘记哦！”

我仔仔细细地阅读三遍，并把信息截了屏发给她，保证绝对不会迟到。核桃小姐在语音里苦笑道：“倒不是怕你迟到，实在是被放鸽子的次数太多，害怕了。”

别多想，当然不是我放她鸽子，但对于核桃小姐被屡屡放鸽子的事迹，我倒是略有耳闻。核桃小姐很长一段时间的微信签名都是“被放鸽子大赛蝉联三年冠军得主”，而且放她鸽子的还总是同一个人。

对方是核桃小姐的大学同学，也是核桃小姐的暗恋对象，我们暂且叫他锤子先生。锤子先生第一次放核桃小姐鸽子，是核桃小姐大二的时候。锤子先生同核桃小姐家离得比较近，有一次核桃小姐说要回家，锤子先生说："那正好我们搭伴一起走，两个多小时的车程还能聊聊天。"核桃小姐愉快地答应了，结果两个人约好第二天早上8点钟出发，到了约定时间，核桃小姐打不通锤子先生的电话，又等了两个小时，锤子先生的电话才姗姗来迟，抱歉地告诉核桃小姐，他临时有事就不回家了。这是核桃小姐同锤子先生的第一次约定，以锤子先生的爽约为结束，开了个不好的头。

后来，核桃小姐同锤子先生的来往频繁了一些，锤子先生幽默风趣，重要的是人还十分帅气，不知不觉中，核桃小姐就喜欢上了锤子先生，正应了那句"情不知所起，一往而深"。核桃小姐与锤子先生的见面机会并不多，然而每一次见面，核桃小姐都会特别细心地关注着锤子先生的点点滴滴，比如锤子先生脸上被蚊子叮了包，核桃小姐会马上掏出之前准备好的绿药膏；比如两个人聊微信的时候，核桃小姐听到对方鼻音重些，也会询问是不是着凉感冒了？

核桃小姐默默地做了一切喜欢一个人能做的所有事，只除了那句未曾开口的"我喜欢你"，古龙说："如果一个女孩子喜欢一个男孩子，那么全世界的大雾都掩饰不住。"

核桃小姐不知道锤子先生是否喜欢她，但她喜欢锤子先生的事情，从一开始她就没想隐瞒，或者说根本隐瞒不住。

一个人若不喜欢你，那很好隐藏。但若他喜欢你，从行为，从言语，从眼神，种种微小的细节都能透露出来。核桃小姐也时常在思考锤子先生是否喜欢她，但思考的结果，显而易见得连她自己都懒得说出来。

核桃小姐毕业那年，锤子先生也要离开。核桃小姐要回到自己成长的城市，而锤子先生准备留在大学的城市里闯荡。他们两个约好在临毕业前的一段时间里，多见面几次，因为彼此心里清楚，可能这一辈子见过一面就少一面了。

核桃小姐选了自己最漂亮的裙子，长长的头发垂顺到腰际，还带着新洗过洗发水的香气。她一大早就爬起床，对着镜子化了无比精致的妆。她希望给锤子先生留下的每一个印象，都是难以忘却的美丽。

可惜，她一切准备妥当，在两人约好吃饭的地点，从看着那里空无一人到人满为患，再到人去楼空。起初，核桃小姐还在善解人意地想，兴许是他有事耽搁了一会儿，不要打电话去催促人家。可越到后来，核桃小姐的心越沉重，直到她拨通核桃先生的号码，那边很快地接起来，核桃先生懒洋洋的声音带着些许惊讶："呀，我给忘了，我上午和室友出去就直接吃了。"

核桃小姐举着电话，看到打扫卫生的阿姨已经在用面部表情赶人，忽然觉着自己很可笑。大学四年，这不知是锤子先生多少次放她的鸽子。每一次锤子先生都有各种各样的理由，每一次核桃小姐都会很生气，然而只要锤子先生说句"对不起”，核桃小姐所有的委屈和意难平都会烟消云散。

核桃小姐觉得她同锤子先生这称呼简直不能再准确，一个愿打一个愿挨，只是她不知道自己还能承受住这样的委屈多久。

我曾劝核桃小姐对锤子先生表白，不要这样糊里糊涂地默默付出，可人家却丝毫不承情。核桃小姐只是叹气，她说我对他好，是我乐意，谁叫我喜欢他，他本来也不必把这当成负担。

我说那你一定是缺乏勇气，接着又被核桃小姐否认了。她说：“我从来都不在乎，什么爱情里先说破的那一方，会比较被动。我只是在等待锤子先生喜欢我的那一瞬间，可是这么久了，我却丝毫都没有捕捉到。表白应该是胜利的冲锋号，而不是试探对方的探路石，他不喜欢我，我再多的勇气，只能替我支撑住自己岌岌可危的自尊，而无法强迫他喜欢上我。”

其实，从锤子先生第一次放她鸽子时，她就已经明白，锤子先生并不在意她，哪怕锤子先生对核桃小姐稍微上一点心，都不会把每次约定都抛到九霄云外。而核桃小姐“明知道”原因，依然固执地喜欢着锤子先生，把每一次赴约做到最完美，即便锤子先生爽约的概率远超履约，可“明知道”的事情那么多，还不是仗着核桃小姐的“心甘情愿”去撑腰？

后来，核桃小姐回了老家，锤子先生也没留在大学的城市。毕业三年，两人基本就断了联系，核桃小姐找到了现在的男朋友，对锤子先生的感情也成了翻篇的过眼云烟。

只是核桃小姐怕被人放鸽子的心理阴影还在，每次同人约好事情，都会提前一天再确认一遍，个中原因，除了几个知根知底的朋友外，连她男朋友都不知道原因。

前段时间，核桃小姐给我发信息说锤子先生联系她，说出差来到她老家，老朋友出来聚聚。核桃小姐依然把自己打扮得漂漂亮亮，不过过去是出于喜欢，而这回则是出于礼貌。

之后，我问核桃小姐见到锤子先生了吗？核桃小姐直接发来一张联系人截图，那里已经没了锤子先生。

核桃小姐说："他放鸽子简直放出惯性了，过去纵容是因为喜欢，现在还放简直是蹬鼻子上脸，一次、两次、三次、四次……罢了，还是删了利索，我早该明白，永远不必再苦等那个放鸽子的人。"

我化妆真的不是为了取悦你

1

上大学时，有一次部门搞活动，我和负责人约谈流程细节。他临时推迟约定时间，我在寝室里都收拾好了，闲着没事儿就顺手化了个妆。没想到见面时，那男生直勾勾地盯着我，问了个非常尴尬的问题：“你见我还特意化了妆？”

我若回答“不是”，恐怕伤人，可我也没办法昧着良心说“是”，只好呵呵一笑带过。

没想到再去部门值班时，但凡与他同框都会被人起哄。直到给我惹急了直接拍桌子问他们什么意思，这才有人说：“你不是喜欢 ×× ？他都告诉我们了。”

我找那男生当面对质，他反倒问我：“你不喜欢我，干吗和我见面时特意化个妆？”

这种强盗逻辑吓得我撒腿就跑，化个妆就是喜欢他，我要是夏天穿个半袖，会不会被他理解成想要以身相许啊？脸皮这么大，没被女娲带去补天真是屈才了。

有的人总觉得女生化妆或是素颜，都是为了取悦男人。实话实说，能决定我们化不化妆的，可能是脸上长痘、时间不充裕、单纯的懒，甚至化妆品用完了还没来得及买新的，唯独取悦男人这条放到最后，甚至单身的妹子干脆都不会考虑。

化妆不代表就是喜欢你，不素颜也不意味着我长得丑。我们化不化妆，素不素颜，完全看自己心情。化妆也只是给那些懂得欣赏美好的人看的，还轮不到别人在一旁指手画脚。那些嫌女生妆浓不清纯，素颜长得丑，妆前妆后差距太大的“直男癌”，衷心祝福你们一辈子单身。

2

当“素颜”再次被推上风口浪尖时，许多人不懂“化妆”有时候是一种礼貌。

并不是所有场合都适合展示“天生丽质”，许多工作入职时明确规定，女生需要化淡妆，以示对人的尊重。挺好理解的不是吗？外貌是一个人最直观的简历，你就是去菜市场买菜，也不喜欢那种卖相极差的烂菜叶子吧？

之前，我有一个学姐找工作面试，码农穿着一般都比较休闲舒适，所以那天她素面朝天，套个背心、穿条牛仔裤就去了。没想到面试时，周围的女生全踩着小高跟，一身OL套裙，搭配完美无瑕的妆容，学姐当时心就凉了一半。

推心置腹地想，如果自己是招聘者，也想招个赏心悦目的放进公司里，好的形象就是公司的门面，完全可以计入无形资产。外貌亮眼的人，本身就比旁人多了许多隐形机遇。

再说了，一个形象邋遢，连自己也收拾不利索的人，如何让别人信服你的工作能力呢？外貌与生活的方方面面休戚相关，只有时刻做好准备的人，才有机会打胜仗。

想不通那些长得丑，还吹嘘自己素颜的人是什么想法，生怕别人不知道自己懒吗？

学会化妆后，才真正地明白了那句“只有懒女人，没有丑女人”，那些被“直男癌”们挖苦化妆前后判若两人的丑女，在我们心中都是奉若神明的美妆达人。靠着两把刷子、几盘彩妆就能省下几十万整容的费用，每一份美丽的背后，都是持之以恒的摸索与学习。

所以，我喜欢和那些美丽的人共事，每一份美丽的背后，都不是一张脸蛋那么肤浅。

3

有一次，我出差见客户，被大夸气色好。彼时我已经连续加班一周，熬夜熬得像鬼一样。客户的一番话直接被我归纳为“惯性客套”，没想到进电梯时，直面里头的镜子，惊得我恨不得问上一句：“哇！这个仙女是谁？”

之前的颓丧瞬间一扫而空，恨不得和镜子中的自己打个啵，仙女的人生才没有垂头丧气呢！素颜就像是平铺直叙的生活，丁点儿的沮丧与不如意都会表现出来，让人越看越烦心。可化妆后的自己，用遮瑕膏掩盖住了熬夜的黑眼圈，用轻薄的素颜BB霜打造出清透光感的好气色，再染上一点桃红色的唇膏，整个人都变得鲜活起来，蓦然生出“千军万马吾往矣”的气势来。

我们勾勒面部的轮廓，何尝不是在装点自己的人生？

我并不会因为自己化妆变美了就觉得高人一等。同样不会将化妆与“不清纯了”强行联系到一起。爱美是每个人的天性，漂亮的脸蛋取悦最多的其实是自己的心情。

我喜欢化妆，也不畏惧素颜，一如我知道有一天我会遇见那个不介意我抠牙打屁，看过我睡眼惺忪、不施粉黛却依然爱我的那个男人。

但在这之前，我只想拼命地美一点，再美一点。

为什么好姑娘都被渣男泡去了

1

我的微信公众号后台总会收到许多妹子的情感咨询，好的感情大同小异，而糟糕的感情却各有各的不同，但看得多了，问题积攒完成了量变到质变的过程，我发现其实糟糕的感情也都差不多，无外乎就是好姑娘遇上了渣男，非但没能从爱情中汲取营养，反倒被渣男搞得遍体鳞伤。

有一个姑娘，今年 27 岁了，颜值中上，薪水中上，在一线城市有车有房。按道理讲，无论是软件还是硬件，这样的姑娘都应该在恋爱大军中相当抢手，27 岁在一般的同龄人那里，早就觅得良婿，动作再快一点的孩子都会打酱油了。但她对外依然宣称单身，每年回家还是要受七大姑八大姨的逼婚。

没错，她宣称单身，但她并不是独自一人。她 23 岁那年，和自己的初恋男友分手，8 年的恋爱长跑，穿着校服一路走来的感情，在她打算和对方领证、披上洁白嫁纱的时候，男朋友和她提出分手，因为一周后要进行家族联姻。

我原本以为“家族联姻”这种桥段只是言情小说中才会发生的情节，但在她身上却真实上演了。分手后，她久久不能从痛苦中脱离出来，整个人暴瘦了一大圈，每天过得人不人鬼不鬼，然后在一次工作应酬的饭局上，她认识了现在的“男朋友”。

那个人比她大 8 岁，已婚，有一双儿女。她刚和那人在一起的时候，每天都遭受着良心的谴责，她觉得自己对不起许多人，对不起他的妻子、儿女，对不起自己的父母。他从来没有给过她一个承诺，只是说自己和妻子并没有什么感情，当初结婚也只是为了家族企业的联合。

那个男人不可能离婚，那桩婚姻上绑定的是两家人的利益，男人的妻子知道她的存在，也始终睁一只眼闭一只眼，闭口不问。

那个姑娘和我说，她从来没有拿过那个男人一分钱，她所有的生活全是靠自己打拼出来的。她不图他的钱，只是很喜欢他，觉得除了自己的初恋，再也不会有人对她那么好了。

那个男人无外乎逃不过我们口中的“渣男”定义，没有办法给姑娘一个“婚姻”的交代，同时又时时刻刻地挑战着道德的约束。姑娘说，她曾无数次在深夜痛哭，想要离开他，拥有一段与同龄人一样健康、正常、不触犯道德的感情。

但从决定和他在一起的那天，所有的孤勇，在一瞬间完成了从破土、扎根到长成参天大树的过程，她躲在树的阴影下，那里是他们两个的安全地带。她发现自己像是被画了圈的唐僧，走不出对方给自己的圈地为牢。

2

我一个现实中的朋友，颜值能有 7 分，是无数男生心目中的女神，我之前总是觉得，这么好看还优秀的姑娘，性格也好，家庭背景也好，她拥有的爱情绝对也会令人羡慕。

因为她足够完美，值得一份完美的爱情与她匹配。

但后来我们两个混熟了，我才发现许多靓丽光鲜的外表，就好像一袭华丽的长袍，糊弄外人还成，实则冷暖自知，底下全是虱子。

就叫她橙子好了。橙子的感情一向不顺，有时我俩都怀疑，是不是她身体里有块“渣男吸铁石”，不然怎么男朋友一个赛一个，渣到不能再渣？

橙子的第一个男友是个劈腿怪，劈腿的次数都让我怀疑他前辈子是条蜈蚣精，不然怎么有那么多腿可劈？橙子曾经数次在宾馆门口，堵到身体里封印着泰迪的前男友，每次对方怀里搂的姑娘都不一样。开始橙子还生气，到后来都麻木了，甚至能和前男友心平气和地分析，他哪儿来的那么大魅力。

我们都劝她分手，她起初舍不得，挣扎犹豫了大半年。我们这些外人气得觉得这姑娘莫不是被下了降头，只要不瞎都知道这男的不是东西，她怎么可能忍下去？

每一段感情都不是独立成篇的，我们只是读到了它展露的一个章节，更多的故事，有且只有感情的当事人才完整读过，所以身为旁观者，难免会给对方贴上一些偏颇的标签，而且多少都会掺杂私人的情绪进去。

橙子当时给我们的理由是，前男友对她太好，对她百依百顺，知冷知热，甚至每次被抓到劈腿后的忏悔，都舌灿莲花得让她愿意一次次给他改过自新的机会。橙子心软，她想起自己痛经的时候，前男友大半夜打不到车，背着她跑到医院打止痛针。之后每次来大姨妈，他都记得日子给橙子煮红糖水喝。两个人异地的时候，他头一天晚上就查好天气预报，告诉橙子增减衣服。橙子说："能这样对我的，我觉得除了我爸也就是他了。"

但渣男如果连"知冷知热"和"善解人意"都做不到，哪还会有姑娘跟他扯淡？

最后让橙子彻底和渣男友分手的原因，还是渣男的前女友怀了渣男的孩子逼婚。橙子容忍程度再高，也没能容忍到当后妈，这才算是分了个清楚利落。

但就是这样，我们痛骂渣男的时候，橙子还拦着我们，替他说好话。算不上好聚好散，这前任当得也是仁至义尽。

3

作为旁观者的我们，总是很轻易地就能判断出别人感情的好坏。

我们称那些从一而终、忠贞不渝的感情为好的，甚至连看小说都喜欢看那种“全世界的女人都爱那个男人，可他片叶不沾身，唯独爱一人”的戏码。我们称那些稍带有不如意的感情，都是坏的，比如男人吝啬不肯给女朋友花钱，比如在婚姻中出轨，比如家暴等等。

但我们又会发现，现实生活中百分百美满的感情终究是少有的，更多人的感情都带着一份缺憾和不圆满。我们看待“好姑娘和渣男”的感情，总会带着一丝恨铁不成钢的惋惜，觉得长脑子就能想明白的事儿，为什么她们就不明白？

仅仅是因为“旁观者清，当局者迷”？我觉得不尽然，当局者有时比我们这些旁观者更能看清事物的本质，她们留恋、舍不得一些局中事，而那些是我们作为外人看不到的。

见过太多被渣男泡去的好姑娘，也替她们惋惜。有时觉得“男人不坏，女人不爱”根本不该成立，为什么好姑娘总要喜欢坏男人？照理讲，岁月静好才是她们最终的归宿呀！

但每一场虐恋的背后，都有旁人读不懂的情深。也许我们唯一能做的，只是安静地听她们倾诉，适度地劝一劝。她们不是愚蠢，因为有一种深情叫人奋不顾身，执迷不悟。

远离打着“以爱为名”旗号的伤害

1

朋友A是个从没谈过恋爱的小处男，前几天他参加公司联谊，在聚会上相中了一个姑娘，羞答答地要来人家微信号码，每天晚上都坚持发一句“晚安”，但除此之外他都不太敢和姑娘说话，生怕人家嫌他烦删掉他，更是把“喜欢”这句话深藏于心，从没说出来。

某天，大概是上天怜见，觉得他这样整天在家揪花瓣“她喜欢我，她不喜欢我”太过可怜，于是让姑娘主动了一回。姑娘是朋友A主管公司下头分公司业务部的一个小头目，那天要洽谈一个项目，正巧A和乙方比较熟，姑娘要请对方吃饭，顺便叫上A作陪。

那天，饭吃成什么样不知道，反正回来A就魔怔了，整天在那握着手机傻乐，一副春天来了，春心骚动的模样。以前大大咧咧手机也不上锁，打那天起也加上密码了。

我们都以为A这是恋爱了，我属于八卦中的先锋军，特意前去打探，结果一问才知道，姑娘只不过是偶尔在他发出询问后，很快就会给回复而已。

A看了不少爱情功略文，直觉得这是因为姑娘在乎他、珍重他才会这样，我不以为然，对他说：“兴许人家是个网瘾少女呢，你和我说话，我也总是秒回啊！不过是我恰巧在玩手机而已。”

A冲我翻了个遮天蔽日的大白眼：“拉倒吧，我和你说，我特意去看了两季《别对我说谎》，然后从我俩聊天的标点符号开始研究，得出结论‘她对我也有意思’。”

我接着问：“她对你有意思总会有所表现吧？”

A喜上眉梢地开始一条条列举：“比如说，天气降温了，她会和我说记得增加衣物。我和她说我咽炎犯了，她还特意去查了治咳嗽的偏方……”

诸如此类，A啰里八唆地说了一大堆，但我只能得出那个姑娘是个热心肠的结论。

但毕竟A没谈过恋爱，对美好的爱情仍然心生向往，我们不好拿现实去打击他，于是干脆作壁上观，看A是如何使出他全套纸上谈兵的恋爱兵法。

结果没过一周，A就哭丧着脸回来找我：“桃子，我给你看看我俩的聊天记录，你帮我分析一下，她到底对我有没有想法吧。”

聊天记录里，A 连续三天要请姑娘吃晚餐，可姑娘都以各种借口委婉地拒绝了 A，开始时借口还比较合理，到后来 A 步步紧逼，姑娘连“衣服洗了，还没干”这种蹩脚的借口都使出来了。

我说：“你察觉不到她是在拒绝你吗？”

A 说：“但明明是她先搭讪我的！”

我崩溃了：“我的天，小 A，你的思想还停留在古代姑娘大门不出二门不迈，和异性不能随便说话、看到脸就得嫁的年代吗？”

他以为的搭讪，不过是人家交际的一种手段，大家都是正常的 social 而已，说你是“真爱”顶多就是表达下“你很对我脾气”，不然那么多真爱，这人心劈成八瓣都不够用啊！

小 A 有些低落，那片瑟瑟于北风中的最后一片叶子，也飘落了。

2

阿依是我的一位读者，前段时间她给我讲了一个巨长无比的故事，讲的是她对一个男生的喜欢与依赖，以及两人之间的小互动。当时她问我：“桃子，你说我是真的喜欢他吗？”

我说：“不是，你只是太过依赖。享受你们之间的暧昧与小幸福，时间久了你就误以为自己是喜欢他，然后胡思乱想多了，就错当成喜欢了。”

她当时高呼“瞬间清醒”，结果昨天又找我了：“桃子桃子，昨天我和他一起看电影了，我当时选座位，结果点错了，他还掐了一下我的脸，天啊！我整个人都烧起来了，好害羞，我可以认为他是喜欢我吗？”

一向劝分不劝和、酷爱给人当头棒喝的我又回：“不是，有些男生就是喜欢做一些看似很暧昧的小动作。”

他本是不走心的一个举动，却搅乱了你心中的一池春水，你开始心跳加速，呼吸急促，你的头脑中冒出许多粉红的泡泡，连看对方都自带柔光了：“他是不是喜欢我，他掐我脸哎，偶像剧中男主角不都是这么表现宠溺的吗？”

于是，原本猴精猴精的美少女，故意做出一些学龄前儿童才会犯的错误，他笑着摸你头轻声道“没关系”，也许心里正翻着白眼嘲讽你“大傻”。

3

我之前就写过一篇《不是你重要，他对谁都好》，揭露了一批隐藏于直男中的绿茶屌，他们以远高于直男的把妹技巧，将一众懵懂无知的美少女圈入自己的怀抱。你以为自己之于他是天下无双，实际上不过是沧海一粟。总有些男生喜欢撩闲，偏偏还要装出一副深情不已的杰克苏面孔，然后撩拨得小姑娘胸中小鹿都快撞死了，哪怕表面上还能端得住一副云淡风轻，心里早都上演起《浮生六记》。恨不得拔腿奔向对方，一把抱住“别说话，吻我”。

对方只是说了一句“明晚有没有时间，一起吃顿饭”，你就脑补出了吃晚饭牵手在校园里绕圈圈，他猛然从怀中掏出一枚大钻戒，单膝跪地说爱你，接着从草丛里钻出一堆拿着荧光棒叫你“答应他”的围观群众。

对方不过是给你借本书，你就想：“电影里都演书是要借的，一借一还才能增进感情……啊呀，他莫非是喜欢我？”

而人一旦自作多情起来，还会特别迷信“命中注定”这个词，“瞎溜达碰上”都成了“邂逅”，“随便扫一眼对上了”都成了“他在偷偷看我”。

这是我的亲身经历。有段时间我特别喜欢一人，明明我的微信名称首字母是T，而他是D，但无论我怎么刷新重启卸载，我俩的头像都紧紧地贴在一起，死不分开。就是这么一个显而易见的微信故障，偏偏把我每天甜得牙痛，拐弯抹角地打探别人有没有发生过这类的事情，在心满意足地得到否定答案后，更是一口咬定我俩是“上天注定”。

结果这个故障在某次我俩吵架后，莫名其妙地修好了，我又是捂着胸口嗷嗷痛，觉得这是“上天要把我俩分开”。现在回想起来，真是神经病。

文艺界有一句经典台词是“我还没有和你在一起，却在心里好像和你过完了几辈子”，这句话粗暴些翻译就是“姑娘脑洞太大，还酷爱胡思乱想”。

而偏偏有一种魔咒，叫作“不可说”，许多没影儿的事儿，你说出来一遍就在脑海中加深了一遍印象，如果再添点油加点醋，那就更坏菜了。比如你俩不过是下大雨，共用一把伞等个车，却很容易在几次回忆后，变成两人挚爱执手，一生相伴风雨中。

好多姑娘，与心上人不过是一面之缘，就已经在脑海中脑补出与对方的几百集连续剧，这样的事情也不稀奇。前几天，我妹和我说自己谈了一场“还没开始，就已结束”的恋爱。我赶忙问她是怎么回事儿，她说喜欢上的是有妇之夫，孩子都挺大了，吓得我一佛出世，二佛升天，如果不是隔着一道大西洋，我都要把电话打过去问她了。

结果这家伙，最后才悠悠地说：“是吴彦祖。”

气得我差点飞起一巴掌抽她，混蛋，和你姐抢老公！

4

以前有人问我，桃子，你为什么总是“劝分不劝和”，别人问你是不是“喜欢”，你都说不是啊！我觉得，一个人如果对自己的选择以及幸福足够笃定，她是不会去在意别人的看法的，比如说叶璇，哪怕全国人民都在怀疑她被下了降头，人家依然和小默先生爱得死去活来，看得人牙痛。

而大多数人，他们一旦心里产生了不笃定的想法，就会找别人来问一问，这时就说明“你已经不够爱对方”以及“对方不够爱你了”。

这时候，胡思乱想是丁点儿用都没有的，只能在对方给你发出“好人卡”后，平添一丝伤感与疑惑，明明我们之前不是这样的啊，但你那些所谓美好的回忆，有多少水分只有你自己最清楚。

所以，我通常不建议女孩子在单恋的时候，想太多。大家还是按照本能去行事比较好，之前一个朋友说，什么叫作真爱一个人，你看到他的时候，你就想把他扑倒，这时你是真的爱上他了。虽然这话比较走肾，但仔细一想，许多“自作多情”倒是走心，但并无卵用。

在感情的世界中保持一颗清醒的头脑，准确地判断出对方行为语言背后的真实意图，才能趁早地抓住爱，或是远离“以爱为名”的伤害。

祝你们早日找到不需要脑补、实实在在的真爱。

找个“懂得浪漫”的男友很重要

1

朋友圈里，如果大C说自己幸福指数第二，那绝对没人敢称第一。大C的幸福是有目共睹的，在家时享受来自家人无微不至的关怀，出门在外还有知冷知热、懂得浪漫的男朋友老陈。

都说十年修得同船渡，百年修得共枕眠。我们都觉得大C修到老陈这样的男朋友，绝对得有千年道行才行。每当我们羡慕嫉妒恨地挤对大C时，她都捂起脖子怪叫着配合我们：“对对对，你们说得都对。还有前世的五百次回眸，才能换得今生守候，你们咋不说呢！”

朋友们大笑：“就你那脖子就别丢人了，你前世大概转了5000次脖子，搞得这辈子颈椎都不太好。”

大C说：“颈椎要是好了，可不就遇不见老陈了？”

话出有因，大C是做广告的，整天对着电脑，时间久了颈椎病、鼠标手一个个找上门来叫她负责。但久坐办公室的，谁没个一两样职业病都不好意思说自己认真工作，大C也就没放在心上。没承想有天她吵嚷了一上午脖子痛头晕，中午就晕倒在茶水间门口了，吓得同事们赶紧给她送进医院。一检查发现是颈椎病导致的晕厥，出院时医生说颈椎病晕厥还是小事儿，严重的话压迫神经，有可能瘫痪。

健康受到威胁的大C，紧忙去挂康复科，巧不巧老陈是她的主治医生，给她做了大半年的颈椎针灸按摩，一周三次准时报到，时间一久两人就对上眼了。

白色情人节那天，大C准时准点到医院报到，老陈问她："情人节怎么不出去和男朋友约会？"

大C撇嘴："单身狗还是避开情侣比较好。"

老陈听完笑个不停，递给大C一块巧克力。

大C摇头拒绝："不吃，狗吃巧克力会死的。"

老陈说："可你吃完就会有男朋友了啊！"一派蓄谋已久的样子。

果然，吃完，老陈就成了大C的男朋友。

2

大C是个典型的女文青，女文青是浪漫细胞最多的物种。

而老陈在大C的调教下，也变得相当浪漫。两人在白色情人节确定关系，所以每年这个日子都要庆祝一下。

前年的情人节，老陈送了大C一部iPad mini，背壳上刻着两人名字首字母的缩写，还尾缀了一首大C到KTV必点曲目《全世界只想你来爱我》。

气得大家纷纷留言："天啊，警察在哪，快把这秀恩爱的带走。"

大C喜欢听民谣，她生日那天恰好她最爱的音乐人开演唱会，老陈提前买了早鸟内场票，给第一次那么近距离看到偶像的大C感动得稀里哗啦。大C边哭边跟着唱歌，老陈无可奈何地把女友拥进怀里说："别哭啦，以后他每场演唱会我都陪你一起看好不好？"

深情不及久伴，厚爱亦无需多言。

大C说如果去听演唱会算是梦想，那老陈就是牵着她的手，带她追逐梦想的人。一个人了解你的喜好不止，还肯用心为你付出，这就是浪漫。

而更难能可贵的是，老陈的浪漫并不是偶然为之，他的浪漫贯彻进生活的点点滴滴。比如说夏日阳光里，他是街上唯一一个撑起遮阳伞的人，这样视白如命的大C就不会晒黑。

大C头发又多又厚，洗完澡经常湿着头发睡觉，情理之中得了偏头痛。两人在一起后，每次大C从浴室出来，都会被老陈再抓回去吹头发。大C蹬腿抗议："我还有很多事情要做哎！吹头发好浪费时间。”

老陈则不为所动：“作为你的主治医生，我需要对你的健康负责。作为想和你一起活到 80 岁的人，我更需要帮你纠正一些影响我计划的坏毛病。”

说完这些后，大 C 就再也不反抗了，任由老陈在太岁头上吹风。有时候，男人看似霸道地说出情意绵绵的话，真是鲜少有人能抵抗得住，更不必说浪漫如大 C。

认识老陈前，大 C 熬夜简直是家常便饭，通宵算餐后甜点，熬得她是头发哗哗掉，体重也不受自己控制。现在偶尔晚睡一次都会有负罪感，好像已经很久没有通宵过了，工作上的事都尽量在白天完成，她才不舍得破坏老陈的 80 岁计划呢！

3

大 C 说：“想要男朋友浪漫，首先你要做一个懂得浪漫的人。”

遇见大 C 前，老陈对“懂得浪漫”十窍开了九窍，一窍不通。连当初告白送巧克力，都是在网上现学的。

以为自己找到了个罗曼蒂克的男朋友，却发现对方本质是块木头。大 C 也不觉得上当受骗，懂得学习说明孺子可教。于是，她把每一个值得庆祝的日子都过得极有仪式感。他们在一起的第六个月，大 C 提前订了老陈之前一直吵嚷着想吃但订不上位置的餐厅。当大C把老陈带到那家餐厅时，老陈感动坏了。大C说：“虽然我不太会做饭，但我也懂得把握一个男人的心要先抓住男人的胃呀！”

大C会用炼乳在面包上写下给老陈的鼓励，会定期更换家里的鲜花，会记住老陈的喜好，而且她知道许多直男的品味简直是时尚的噩梦，所以有喜欢的东西也会发给老陈一份，培养对方时尚感的同时，也在潜移默化中让对方了解自己的喜好。她并不觉得把链接甩给对方有什么不好意思的，等男友买到自己不喜欢的东西时，那才叫欲哭无泪。

既然对方不懂浪漫，那就努力地培养他的浪漫感。过日子是两个人的事，最好是齐头并进，才能把日子过得舒坦。大C最初并没有因为老陈不懂浪漫而和他大发脾气，而是用自己的温柔触亮对方的浪漫。

4

浪漫是平淡生活中用心制造的惊喜，姑娘想要的浪漫，并不是逼着尚在打拼的男友送她珠宝、名牌包，更不是天天喝红酒、吃烛光晚餐。浪漫其实很简单，无论贫穷还是富有，只要用心就能做到浪漫。

浪漫也没有想象中那么难，做到以下几条，你也能拥有和大C、老陈一样的浪漫。

第一，把日子过出仪式感。两个人在一起久了，自然会耳濡目染，如果你是个浪漫的人，另一半自然也不会特别木讷。

第二，男朋友不懂浪漫，而你又渴望浪漫，那么争吵和冷战都不是好办法。他也许只是不懂得你想要什么，粗暴些直接告诉他你想要的，甩条购买链接过去最直接。但如果觉得主动争取到的不算浪漫，就只好慢慢地调教了哦。

第三，并不是在情人节给对方买珠宝、名牌包才叫浪漫，有时候喜欢的人送自己的礼物，其意义远超过礼物本身，看中的其实是一份珍惜彼此的心意。真正的浪漫是一种生活态度，他不需要超出力所能及的，哪怕是一顿爱心早餐、一颗甜蜜入心的巧克力都算浪漫。

而浪漫更不是专属于“热恋期”的情侣，两个人在一起时间久了，更需要浪漫。如何做到“相看两不厌”，减少生活中的争吵与摩擦，比争吵更有用。堵着女人嘴的，是一个浪漫的吻。而懂得浪漫的另一半，更懂得“给爱情保鲜”。

Chapter 4

他没那么
喜欢你，怪他咯

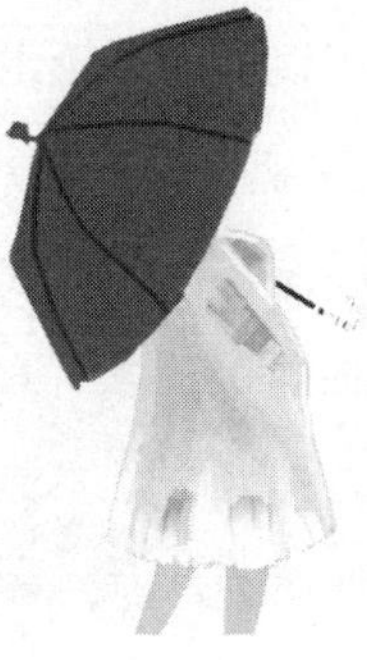

没有不能在一起的两个人，

只有靠不拢的两颗心。

感情不是单程票

1

放假前，亮亮拉了一个微信讨论组，叫作“跑跑更健康”。里头有五个人，亮亮、许婧然、我，还有整日秀恩爱的瓜皮夫妇。

亮亮说：“咱几个比赛，以一个月为限。谁跑的里程最少，回学校就请大家吃饭。”

除了许婧然积极响应外，我和瓜皮夫妇都叫苦不迭。

放假当天起，许婧然就以奥帆基地为起点，沿着五四广场为标志的沿海一带，每天 7 公里风雨不误。而讨论组的发起人亮亮，则从栈桥出发，夜跑八大关，风雨无阻。

我偶尔动一动，同他俩一样，也是晚上行动。但我实在讨厌一跑浑身大汗黏糊糊的感觉，选择全程步行——其实是出门给自己买点夜宵。

经常许婧然在海边累成狗，满头热汗还不敢碰冷饮的时候，我坐在空调房里端着鲜芋仙嚼得正开怀。

许婧然羡慕不已，自打开始夜跑，她连晚上吃的都没从前多了，吃多了跑不动，容易岔气儿。更何况，她跑步是为了减肥。

许婧然是个小胖妞，全身上下都挺丰满。大一刚开学的时候，许婧然是我班最胖的姑娘，1.69 米的个子加上身材肥胖，从背后看就像是一座小山，虎背熊腰地在军训下一暴晒，活脱脱是个“烟熏的太岁，火燎的金刚”。

许婧然性格好，一般胖子怕被人排挤，没几个性格不好的，用不太好听的话讲就是个“滥好人”。但滥好人对待不同的人，也有“好”和“好到不能再好”的区分。

被许婧然对待好到不能再好的那个人就是——亮亮。

亮亮是我班班草，在经管学院这种肉多狼少的地方，叫他系草都不为过。亮亮一脸青葱得人畜无害，身材挺拔像株小白杨。喜欢亮亮的姑娘前仆后继，可大学四年快过去了，也没见着亮亮跟谁处段儿对象，倒是他从大一刚开始，就同许婧然关系不错。

亮亮英语不好，许婧然除了身材以外什么都好。我们学院英语四级考不过就不发毕业证，亮亮不知从谁那儿打听到许婧然的手机号，给她发信息问：“能不能以后带着我一起上自习？”

许婧然收到亮亮短信的时候，整个人都蒙掉了，以为是系草同学手滑发错了人。打电话过去确认，发现亮亮说的就是“许婧然，听说你英语特别好，能不能带着我学习，争取把四级证考下来”，许婧然自然是一口应下。

不过，许婧然留了点儿小心眼，她怕被人在背后指点，跟亮亮约好每天清晨跑操结束，两人去湖边假装偶遇，拿着英语书本大声诵读。当时许婧然送了亮亮一本她背完的《新概念 1》，亮亮说看着许婧然书上头工整书写的注释，字迹清秀，空白边上还间或抄了些言情小说里矫情吧唧的句子，他就觉得“这姑娘还真有点意思”。

2

自从两人相约晨读后，许婧然快速背好要记的单词，就绕着学校的人工湖跑圈，跑完回来检验亮亮的背诵成果。

许婧然跑圈其实是善解人意地给亮亮留面子，最开始亮亮背得特慢，支支吾吾，记不住句意，开口发音也不标准。许婧然在旁边背单词，发音清楚又好听，亮亮自惭形秽，嘴上不说，心里却有些伤自尊，不好意思大声诵读。许婧然感觉到了，就跟亮亮说自己要去跑圈，她不在旁边，亮亮较着一口气，也开始习惯读出声了。

亮亮发音不标准，许婧然就不厌其烦地帮他从音标补起，一个音一个音地校正。

学校的人工湖旁总是从清晨6点就响起大声的背读，亮亮一本《新概念1》背了一年，越学越顺畅。许婧然就陪着他，亮亮背，许婧然听，然后两个人再朝着相反的方向，绕着人工湖跑圈儿回宿舍。

许婧然的想法现实又悲观，两个人背对跑也是她提议的。她觉着和亮亮的交会，只能是她生活中的一小段，他们两个注定无法堂堂正正地并肩走在一起，因为会有人讥诮："呀，你看那个大肥猪又缠着亮亮了。"这样的话，她又不是没听过。

学校规定，连续两学期英语成绩都达到75分以上的，才能考四级。亮亮这被英语从小拖累到大的偏科怪，竟破天荒地跻身第一队列，拿到了那张四级准考证。

假期查成绩，亮亮不敢查，把准考证号发给许婧然。不多不少500分，许婧然竟然比自己考了600多分还高兴，但也有些低落，这回亮亮能拿到毕业证了，两个人也不会再存在其他关联了吧？

3

大二开学，许婧然照常去湖边跑圈儿，没约亮亮。清晨天方破晓，校园里除了晨起训练的体育生和主楼前的国旗护卫队，都没什么人。许婧然刚跑了半圈儿，就听见湖对岸熟悉的诵读声。亮亮也看见了许婧然，朝她拼命挥手。亮亮依旧像棵挺拔的小白杨，许婧然瘦了一圈儿，虽然还是胖，但好歹不是“火燎的金刚”了。

亮亮说“多亏了你，我才过了四级。接下来还得你带着我，咱再拿回奖学金呗？”许婧然开心得不得了，自然爽快答应。

回去时，许婧然还是习惯性两个人背对跑，跑了一会儿亮亮从后头撵过来，他说：“咱俩还是一起走吧，咱俩一起，两个人。”

后来，亮亮有意无意地凡事也帮着许婧然，许婧然参加校园歌手大赛，主办方说“亲友团的数量占分数10%”。亮亮知道许婧然腼腆，不好意思拉人，暗地里联系了我们系的几个班长、书记，每班出了二十几个人，当天台下差不多全是许婧然的亲友团。亮亮站在人群里特亮眼，举着从网上定制的那种歌友会粉丝用的大灯牌，在下面带头尖叫：“许婧然，我爱你，就像老鼠爱大米。”许婧然在台上听得心惊肉跳，差点一哆嗦摔了话筒，但心里美滋滋的，说不出来。

过年时，班里聚会，亮亮身旁留个位置，好多姑娘一进门，就直奔那个座位，亮亮把板凳一压住，说：“不好意思，给人留的。”许婧然戴着小绒帽子，上头还顶着雪花，带着冷气推门进来，亮亮一下子站起来，朝许婧然喊：“这里，这里给你留着位置呢！”

酒点了三箱，喝过半晌，有些人平时积攒下的恶意统统借着酒意脱口而出。

我们班一个姑娘打军训时就特喜欢亮亮，她倒没把许婧然当作假想敌，自觉跟一个胖妞比较太掉价了，却不妨碍她把许婧然想象成死皮赖脸纠缠亮亮的跟屁虫。她撬开一瓶酒，直接递给许婧然："小胖儿，我问你呗，你是不是特喜欢亮亮，现在亮亮对你好，你是不是就当他是喜欢你啊？"

当时，我们班大多数人都这样想，觉着亮亮是个重感情的，许婧然帮他过了四级，还带着他学习，真的拿到回三等奖学金。亮亮不过是把许婧然当哥们儿，根本不会喜欢她。

许婧然从来聚会都爱扮鸵鸟，缩在角落里，喝酒但不贪杯，永远保持着清醒。她深知自己没有撒酒疯的资格，她体重那么重，喝醉了得好几个男生抬着才能回寝室，干脆不喝，不给别人添麻烦，也不给自己找尴尬。

但这回人都逼到跟前了，许婧然红扑扑的脸唰地一下子变得惨白。她朝四周看了一遍，纵然那姑娘的言语明显带着恶意的挑衅，但没人替她出头，多数人都耐人寻味地捧着酒杯装糊涂，心里明白着呢，看热闹不嫌事儿大。

平时一团和气都是假象，许婧然觉着这么多年，自己满心热忱，乐于助人，从没对不起过谁……她冷笑一声，接过那姑娘递过的酒，仰着脖子打算喝下去。

但酒瓶口还没碰到嘴边，就被人一把抢过。亮亮把许婧然拉回椅子，一把揽住她的肩膀，还有些吃力，可亮亮还是靠她更近，手把在许婧然的胳膊上，握得很紧。亮亮也喝多了，但他刚才一直努力让自己清醒一些，显得不像是在打趣或者说酒话，生怕伤了许婧然的自尊心。

他说："你们谁都不许欺负我家许婧然，就是喜欢也是我喜欢她，她可比你们了解的棒多了。"说完一口气吹掉了那瓶恶意满满的啤酒。

那天晚上，亮亮爷们儿炸了，刚才的旁观者七嘴八舌地帮许婧然伸张正义，递酒的姑娘讪讪离去，她本想在人家脚下安颗钉子，却成了粒无关痛痒的沙子，非但没刺破脚，反倒被碾轧一番。

也是从那个晚上开始，许婧然不再稀罕去当什么"滥好人"。

过于在意别人的世界，反倒迷失了自己的方向，没必要也不值当。

4

许婧然想办张健身卡，五个人一起算团购价，我这边还有两个小伙伴，但还是差一个人。亮亮一听赶紧要求加入，许婧然问他："你浑身上下一丝儿富余的肉都没有，你办卡干吗？"

亮亮弓起胳膊："说了你别笑话我，我一个小平板也有成为八块腹肌搓衣板的梦想啊！"

于是，我们成功地拿到团购价，比年卡原价便宜800块。许婧然每天下午去健身房上两节课，要么是有氧杠铃，要么是动感单车，怎么掉肉怎么来。我看着许婧然逐渐显露的腰身，身体也不再似刚入学那阵像一座大山，有了女性的曲线。

越来越多的人说许婧然简直是翻天覆地的大变身，他们发现许婧然的五官原来那么精致，许婧然的歌声原来如此动听，许婧然成绩还好，年年拿一等奖学金。原来许婧然有这么多优点，不过都曾掩埋在她那身油腻的肥肉里，以至于大家失去了对她深入了解的兴趣。

放假的第15天，亮亮约我出门吃饭，我这人向来一切原则在美食面前都变得毫无原则。亮亮拿出两顶帽子，荧光系的一看就是夜跑装配。亮亮说一顶是给许婧然的，让我帮忙转交，他自己不好意思。

我问亮亮："你是不是喜欢她？"

亮亮直截了当地回答:"这么显而易见的问题你还用问？"

我："那你干吗不和她表白啊？许婧然也喜欢你的。"

亮亮思考了一阵儿，特郑重地说："我知道她喜欢我，但许婧然有些自卑，如果不先帮她把自卑治好，她就总是不敢堂堂正正地和我站在一起，容易患得患失，什么都可着我来，怕我不开心就离开她，怕有人说风凉话。这样她就是'为了亮亮喜欢而存在的许婧然'，而不是我喜欢的那个最初的许婧然了。"

说着他还拿出手机，打开记步软件，满脸炫耀地朝我显摆，“看我家许婧然连续四天，夜跑超过 8 公里，获得小组第一”，逼着我给点赞。

感情是两个人的事，共同付出，共同守护。虽然无法做到完全对等，总要有人在争吵时忍让，在被需要时付出，但如果感情始终是一方的单程票，那这段感情也走不了多长久。

亮亮明白这一点，所以他默默地用自己的方式在守护。他建了跑步群，每天积极给许婧然点赞，从不吝啬给她的赞美，希望她自信一点，再自信一点。她本身已足够美好，剩下的亮亮希望他能够帮着去补回。

5

过了些日子，我见到许婧然，虽然还是肉肉的，但肉得性感，肉得可爱，早不再是一团油腻的肥肉，让人看着都烦热了。

蝴蝶从毛毛虫到成蛹最后蜕变，需要经历一段漫长又痛苦的过程，而从大一到大四，许婧然正如蝴蝶一般，在默默地努力着，成了那只蜕变成功的蝴蝶。

我拿出帽子给她，心中艳羡不已，亮亮再三要求我保密，不许透露他喜欢许婧然的秘密。但许婧然拿到帽子时，一副了然的神情。我腹诽，你们两个真是故弄玄虚。

瓜皮夫妇在一旁，说瓜皮还有两个学分没修够。我说："咱学校拿结婚证去能加两分。"

瓜瓤夫人拉着瓜皮先生："那不用烦了，咱俩领个证回来，正好给你加两分。"

我黯然神伤地咽下嘴里拔凉的烧仙草，这成天一个两个地秀恩爱，一点都不知道爱护身边单身的小动物。

"你们两个要是再不跑，回学校妥妥地就得请大家吃饭了。"我说。

"吃呗，到时候请全班吃，我俩的喜宴。"瓜皮夫妇夫唱妇随。

许婧然在一旁扣好帽子，粉色的和亮亮的蓝色正般配，我想起前些天亮亮叫我帮他一起去订花。

顺理成章的感情终究是少数，幸福还是要靠自己去争取的。

"先吃谁的饭，还不一定呢，反正不用我请。"我悠然想着。

颜值很重要，但性格更重要

晚上，我发了张gif动图在空间里，结果传上去就不动了。有人小窗我问：“就一和尚，你怎么那么激动？”

我重新发了动图给她，“哇，他还会眨眼，还羞答答地脸红！”

她：“就这样？”

我：“对啊，完全撩拨起我这老白菜帮子一般的少女心，对待我这种看脸的人，真是不需要太复杂的理由。”

作为外貌协会的我，真的是肤浅得不需要任何理由。

曾经为了多看几回酷似金城武的寿司小哥，连续吃了一周多的寿司当午餐，好友列表里的某人惹得我爹毛一次又一次，可是他一刷脸，我就立马毫无原则地原谅他。

不得不说，在这个社会上，长得好看的人不仅能受到优待，连获得原谅的次数和概率都要比常人多许多。

我一个小学同学在北京学艺术，每天过着空中飞人的旅行生活，她男友是她的同班同学，俩人每隔 30 天就过一次纪念日，999 朵玫瑰收到手软。可据我所知，好多同她年龄相近，20 多岁的女孩子，连自己人生中的第一束花都没有收到过。

我和一位暖男好友说起这件事，我以为他会来一番：“你只要等待属于你的那个人，跋山涉水而来，拥抱你，抱紧你。”balabala 一堆听起来很暖，但仔细分析都是没用的话。

但那天他竟然一反常态，叼着牙签剔牙，指挥我翻到那姑娘的照片说：“还不是因为人家长得好看。”

一针见血，一语中的。

长得好看的人，选择优秀伴侣的机会都要更多一些。

人类社会的“女为悦己者容”，在动物社会里照样通行。雄孔雀在交配季节不知疲倦地招展着自己的羽毛，为的就是充分展示自己的美丽，以寻求到伴侣。类似的例子数不胜数，不胜枚举。

不仅在爱情里，职场上一副好的容貌也是展示能力前的通行证。学姐去应聘 IT 行业前，把裙子穿得短点再短一点，妆容化得完美无瑕。她回来同我描述，那天老板面试了三个人，而且是当场签合同，一个是 985 大学的眼镜男，学历和能力都没问题，不过直接被否定掉，因为公司之所以要招聘新人，就是一堆 IT 民工和老板抱怨，公司里连个女的都没有，一群男人整日大眼瞪小眼，都快弯了。

剩下两个姑娘，一个是我学姐，还有一个是160多斤、不到一米六五的姑娘。没有丝毫嘲讽的意思，完全是复述老板的原话：“我叫的是下一个人，却进来了一个球，所以连面试都省了，叫那姑娘回去锻炼身体吧。”

可见，在这颜值至上的时代，脸的作用，那是相当的重要。

但是，拥有天使脸蛋的毕竟是少数，更多的我们都是芸芸众生中的普通人。我们都长了一张大众脸，和韩国那些连连看不同，人家起码第一眼还是漂亮的，第二眼才会记不住。我们干脆第一眼都省了，但生活也并未因此亏待过什么。

我大学时在学校的编辑部开会，坐在会议室的最后一排。那天主管老师在台上给我们培训，说着说着就把我叫起来，谈“相由心生”。她说：“你看桃子，看面相就是个爽快人，做什么都不拖泥带水，我特别喜欢她。”

给我在那里搞得面红耳赤，涎皮赖脸地跟那个中年女老师说：“我也特别喜欢您，哈哈。”

我俩曾在闲聊时谈过面相这个事儿，老师说：“女人的脾气秉性如何，四十岁之后通过脸完全能看得出来。四十岁之前的面相是父母给的，可四十岁之后，就是自己造化的了。”

对此我特别认同，别闹，当然不只是因为她夸了我。

我身边有不少这样的事例，和家人在一起也认识了不少阔太太和女强人。有的面相就和和气气，眉宇间都透露着一股菩萨似的慈悲，说话慢声细语的，让人如浴春风。可有的即使家底丰厚，却总是带着一股戾气，好似分分钟会同你撕逼一样，让人亲近不起，想要敬而远之。

总是令人如沐春风的那位，丈夫体贴，孩子孝顺，堪称完美家庭。可对谁都横眉冷对的那位，丈夫出去找了小三，孩子也不听话总是顶嘴，于是臭脸的更加臭脸，见谁都要拉着抱怨一通，传播不完的负能量，结果显然是恶性循环不止。

于是，我又想起老师的另一句话，女人长得好不好在性格面前反倒是次要的。

“最是红颜留不住，朱颜辞镜花辞树。”在这看脸的时代，颜值固然重要，但纵使国色天香，朝夕相对也总会有疲倦的一日。反倒是好的性格和修养，像是一座蕴藏丰富的宝藏，随着岁月的沉淀，如同琼酿历久弥香。

让人惊艳的第一眼，需要我们通过不懈的后天努力去塑造，健身、穿衣、打扮。而同脸蛋一般美妙的内在，同样可以后天修炼。

颜值是乍见之欢，好的性格才能令人恒久不厌。

外修而内自省也，与君共勉。

为什么越作的女生，越有人爱

1

前几天，一个朋友饼妹问我:“桃子，你写了那么多感情文，那你给我解释一下为什么越作的女生，越有人爱呗？”

问我话的这个朋友，是个从小挨着游标卡尺长大的乖乖女，根正苗红，特别懂事儿还善解人意，上得厅堂，下得厨房，从不大手大脚花钱，哪怕谈恋爱都不愿意占男朋友小便宜。

但即使她这么优秀，也空窗期三年了。说不想谈恋爱纯属扯淡，一旦体会过恋爱的美好，谁乐意一辈子孤独终老？但是她发现自己很难去找个称心如意的男朋友，或者说她并不是对方称心如意的女朋友。

为了回答她这个问题，我特意观察了一下周围那些“爱得热烈且持久”的情侣，结果发现一个共同的特点，就是男女双方必须有一方时刻处在“找碴”的状态，也就是所谓的男渣女作。

就拿我的室友讲，每次她和男朋友打电话，打多久两人就吵多久，而且通常都是我室友扯着嗓子大吼大叫，她男朋友就在那头甘之若饴地听着，好像谈恋爱就是为了找骂似的。

我之前就特别搞不懂，觉得这男的有抖m倾向吗？要是我，谁敢这么吼？我啪啪俩大嘴巴子，给她抽消停了。但带着朋友的问题，我再次观察，发现了一件事儿，我室友每次吵嚷的内容，很少是为了她自己，而是展望两个人的未来，比如说“啊！我要是毕业和你领证了，咱俩的房子得在哪儿买啊”，还有“我才不要你养活我，你这是瞧不起我吗？你把你那钱剩下来，给你妈买点吃的不行吗”。

虽然是吵，嗓门大得好似放炮，但字字诛心啊，全都是为了对方好啊，我可算是知道她男朋友为什么挨骂不生气了，有个女朋友整天对我知冷知热的，我高兴还来不及呢！而且她语气越是激烈，我越能体会到她对我的爱，这不是贱，是情趣。

2

再反观开头问我“为什么女生越作，越招人爱”的朋友，她最大的缺点就是太懂事儿了，她觉得自己能做的事情，绝对不会麻烦男朋友。有什么烦心事，也通通自己一个人消化掉，她以为不给对方添堵，可久而久之，她男朋友只会在她面前生起一种无力感。

是个男人都难免会有一点儿大男子主义，都希望自己有能力以一己之身为心爱的人遮风挡雨。而朋友的过于懂事儿，什么都考虑周到，唯独没有考虑到男朋友的面子问题。

如果你是个自己能扛太空水上六楼的女汉子，那么男生则更愿意在那些看着太空水桶束手无策的小女生面前表现。

也许有时候并不是你不够优秀，才会单身没人追，而是你过于独立，根本没给那些喜欢你的人展示的机会。

3

周迅和黄晓明之前演过一部电影叫《撒娇的女人最好命》，标题即为内容。在电影里，周迅演了一个风风火火、十分干练的职场女强人，而黄晓明则是一个略显娘炮、看起来有些懦弱寡断的小男人，偏偏女强人看上了小男人，而这一恋就是数年。

但两人无论关系多么密切，也始终止步于朋友，无法再多走一步。电影中有一场经典桥段，是周迅、黄晓明还有黄晓明的女朋友隋唐一起去大排档，点了个红烧兔头。兔子一上来，隋唐就泪崩了，甩出那句：“兔兔这么可爱，你怎么可以吃兔兔？！”

这一段被无数网友做成鬼畜视频，隋唐的“吃兔兔”更是惹来一种直女癌群嘲，觉得会撒娇的就是“骚浪贱”，但电影里是怎么演的？黄晓明饰演的男主角，非但没有觉得隋唐事儿，反倒把她拉到怀里温柔安慰：“好啦好啦，老板把兔头端走，再也不吃了哦，乖。”

气得观众跟着周迅一起，翻了个纯白无瑕的大白眼，觉得男主角是瞎，还是瞎，以及瞎吗？明明最爱你的人就坐在你身边，你却还要拉着别人秀恩爱，晃瞎她的狗眼。

但是周迅饰演的张慧，虽然心里气得要死，却依然死撑着，装作无所谓，没问题呀，你俩秀你俩的，我难受也不表现出来，顶多回家吃袋狗粮就好了，汪汪汪。

4

不止一位男士向我坦言，虽然绿茶婊就很作，但他们仍然爱得死去活来，哪怕女生对这个人的评价很差，也毫无芥蒂。道理和不同性别看暖男一样，女生喜欢，男生则十分嫌弃。

为什么女生越作越有人喜欢？我问了好多人，最后得出一个结论，“男人喜欢与众不同的女人”。你虽然是个安分守己、十分善解人意的好姑娘，但是相处久了，就像是一杯平淡无味的白开水，从杯顶向下看，一眼就能洞穿未来，虽然“人生何必如初见，但求相看两不厌”，但总是少了许多刺激的生活体验。

而那些特别作的姑娘，也许总是在撒娇、示弱、挑剔，但她们能勾起别人了解的兴趣，像是一杯调味鸡尾酒，喝一层换一种味道，更像是一个蜜罐，散发着甜甜的气味儿，诱引那些闻到味道的男人把持不住钻进去的欲望。

这也就是为什么善良的姑娘大多单身，倒是人们口中的“绿茶婊”身边永远不缺备胎、众星捧月的原因了。善解人意是美德，但善良不能当饭吃，或者作为长久相处的亮点。

另外，这个作也要辩证地看待，有的人越作越招人喜欢，是因为她有任性的资本，比如美貌，比如才华，或者金钱。而什么都没有的，还要东施效颦地愣去模仿人家，那就只能叫丑人多作怪了。

所以，那些质问“为什么越作的女生越招人爱”的姑娘，与其咬牙切齿，不如见贤思齐，保留自己身上美好的品格不变，也学学人家身上“令爱热烈且持久”的长处。

反正世界这么大，没准哪天就有个人和你看对眼了，从此过上骑马喝酒走四方的生活了呢！

他知不知道我喜欢他

茶茶小姐喜欢睫毛先生很久了，两个人关系不错。用茶茶小姐的话讲，睫毛先生每天都会陪她聊天，与她分享日常见到的趣事，看到好看的风景也会拍下来同她分享，偶尔还会充当一下人生导师帮茶茶小姐点拨生活中的迷茫，茶茶觉得睫毛先生真的好暖，像是寒冬里的一抹暖阳，陪着茶茶小姐走过一段漫长的寒冷时光。

两人起先只是关系不错，等茶茶小姐发现同睫毛先生的聊天已经成为生活中的惯性，她管不住点开聊天框的手时，坦然地接受了自己喜欢睫毛先生的事实，那么问题来了：“睫毛先生是否喜欢我，或者说他知不知道我喜欢他？”

这是感情生活中我们时常会遇到的问题，只要两人没有戳破那张窗户纸，就会不住地琢磨。

我喜欢他，但他喜欢我吗？

茶茶小姐把两个人的聊天记录截屏发给我，让我帮忙分析。睫毛先生的确是位暖男，他对女孩子的心理了如指掌，深知什么时候说什么话能让女生感到无比宠溺，让人隔着屏幕心里都会小鹿乱撞，不可不谓是情之高手，别说是茶茶，若当事人是我，都逃不得无可救药的喜欢。

但从两人对话的字里行间看出，每当茶茶小姐有所暗示时，睫毛先生都会灵巧地把话题转移到其他事上面，再说一些无关痛痒的话，好像一记重拳打在棉花上，根本使不上力，答案也就显而易见了。

我把这点指给茶茶小姐看，茶茶小姐恍然大悟："对，我聊天时就有这种感觉，只是因为喜欢的感觉太强烈，就忽略掉了，还以为是我说得太快，他思路没跟上呢！"

我说："也许他只是特别享受暖男的感觉，喜欢姑娘对他的依赖呢？"

这世上最坏的罪名，叫太轻易动情。若姑娘能够在感情中清醒一些，又何必如此内心交战？

男生会不会觉察到女生的喜欢？我特意请教过一位情场经验丰富的老手，对方十分坦诚地告诉我："只要女生说上三句话，基本就能判断出。"

若姑娘动了喜欢的念头，自然就会拿出最好的状态在对方面前，言语措辞多少也难免会与平时有所不同，带着丁点儿只有当事人才懂的小心翼翼。好比平时为人粗爽自称"老子"的姑娘，唯独在一人面前改称"人家"，不时再娇嗔一句"讨厌啦”，那喜欢对方的概率比出门吃错药要高。

再讲得通俗一些，我们换位思考。如果有男生追求你，你会听不懂他的暗示，看不懂他的示好吗？应该不会吧！再粗线条的妹子在感情方面也会细腻的，那为什么即便听懂了也要揣着明白装糊涂？

答案呼之欲出：“你没那么喜欢他，但直接拒绝又令人尴尬，所以拖着呗，让对方自己明白。”

求爱就像 Wi-Fi，每个人都能搜索到，但能答对密码的却只有特定的人，茶茶小姐就是搜到睫毛先生 Wi-Fi 的人，但她从未猜对过睫毛先生的密码。说白了，两人关系再好也只能算是个附近的人。

你能走到他身边，却不能闯入他的心。

而之所以茶茶会对睫毛先生动情，也并不意味着她就特别喜欢睫毛先生，非他不可了。太多姑娘错把“有好感”当作“爱”，两人聊天开始兴许只是意气相投呢？可爱情是会带有原始冲动的，茶茶只是喜欢同睫毛先生聊天，并没有生起过想将对方占为己有的心思，如果有天来了位更会聊天的睫毛二代，估计茶茶也不会再这样留恋着睫毛的温存与美好了。

因为，Wi-Fi 光有密码还不够，信号强弱才是决定上网速度的关键，兴许密码对了，但睫毛先生觉得茶茶并没有那么喜欢自己，所以想再观察一阵呢？

但能成为密友，大概总带着爱，在没确定自己特别喜欢对方、非他不可前，还是享受一下这份纯纯的暧昧，别去捅破好了。毕竟暧昧只要自己不偏执，还是很美好的，彼此都停留在最美好的印象里，就算他不喜欢你，当个吉祥物摆在那里，也是极好的呀！

他没那么喜欢你，怪他咯

我朋友芒果特别喜欢一个少年，对别人都有好感只是不排斥同对方的交往，可对他却是食髓知味的上瘾。

芒果无时无刻不想同他说说话，不管说什么都好，困得要死，只要少年还没睡，就能聊到凌晨一二点，根本舍不得先说那一句“晚安”。

少年和芒果都喜欢看电影，两人一起看《小森林》，从夏秋到春冬，女主角做了一年四季的好菜，少年什么都不喜欢，偏偏对西红柿罐头馋得直流口水，相反芒果喜欢里面的每一道菜，唯独除了那个毫无食欲的西红柿，但是她却每天盼望着有机会，能亲自洗手下厨做上一罐西红柿给他。

在芒果意识到喜欢前，他们两个聊天的内容贯通古今，天南海北随便拽来点梗都能无比畅快地聊下去，但就在芒果意识到喜欢的那一刻，聊天的感觉就变了。她总是会有意无意地想多知道些对方的生活，5月20日她会问少年有没有喜欢的人，他发在朋友圈里的照片出现了女生，芒果都会打破砂锅问到底，想知道对方是谁。

喜欢是控制不住点开聊天框的手，而占有欲也是，意识到这点时，芒果的心就咯噔一声沉到了底。他们之间仍只是朋友而已，芒果并没有对他说出过喜欢，少年同样没有。

“所以我这是在干什么呢？哪怕我喜欢他，我也没有资格去对他的私生活指手画脚。”芒果心想。

芒果翻看两个人的聊天记录，发现无论是数量还是质量都大不如从前，过去两个人有说不完的话、抖不完的机灵。两人约好去台湾骑行，少年在芒果睡后，还发过五六页憧憬。

现如今，人还是旧人，机灵同不相干的人照旧抖落不尽，日常的聊天却只剩下稀稀落落的几条。

芒果：“中午吃饭了吗？”

少年：“嗯。”

芒果：“我去看《大圣归来》了，真好看啊，要去二刷。”

少年……

少年压根没回。

芒果先是闹心，但毕竟大风大浪都见过不少，冷静过后，她发现自己越来越不会聊天。

这种“不会”并不代表能力的退化或丧失，而是芒果自以为的谨小慎微和“卑微到尘埃里”，其实都代表了一种不自知的强势。

明明少年在那边说了很有意思、可以大开脑洞的话题，却因为芒果各种不好为人道的心思，被强行插了一句类似“我听你说话有鼻音，是不是感冒了”之类的回复，搞得气氛尽无。

就连回顾记录的芒果，都感受到了当时的尴尬。少年之后潦草的答复，分明就在表示“你并不需要如此关心我的生活”，偏偏当时的芒果，还如同捧了蜜罐似的，沉醉其中。

色令智昏，果然没错。

芒果反省，自己之所以敢如此打着关心的名义对少年变相骚扰，押定的筹码就是之前攒下的友情。但现实已经抽了芒果一记大嘴巴，纵然血厚，奈何作死？

在芒果神经兮兮的骚扰下，两人的感情早已由浓转淡，聊得下去的话题越来越少，甚至芒果能清楚地感觉到对方在刻意地回避。

有一天晚上，芒果喝了酒，日常积攒下的种种怨念在少年一句“你是没朋友的人”的导火索下，瞬间引爆。

芒果口口声称自己头脑清醒，可还是没招架得住酒精作祟，她把自己的想法一股脑地倾倒给少年，比如，“为什么你觉得我找你聊天，是因为我没有朋友？我朋友许多，只是觉得你不同而已”，这简直无异于告白了，最后还要愤愤地加上一句，来维持自己马后炮的自矜，“你觉得烦，我再也不找你就是了”。

芒果压根没等少年的回复，手机关机，醒来抹把脸去考试，第二天下午才重新开了机。她小心翼翼地打开微信，心里还在擂鼓："如果他只回复我一句'哦'，或者无关痛痒地敷衍两句，我就把他拉黑拉黑拉黑。"

少年发来四条信息，一条长过一条。

"哎？你是发错人了么？"

"不对，有我的名字……看来真是发给我的。"

"我不知道你竟然会反应这么大，大概是我没说清楚，说你没朋友，只是为了对仗前面那句，我是有朋友的人。你昨天心情不好，和朋友吵架了吗？"

"……说明你还是太年轻，等你之后毕业工作就知道为什么啦……总之，在你发了那么一长串话之后，我能给你回这么一长串话，绝对是真朋友……最后告诉你一条人生哲理，'少年别克制，做自己'。"

挣脱冲动魔鬼怀抱的芒果羞愧得无地自容，恨不得挖条地道赶紧钻进去。

少年看破不说破，为的是朋友还能做。本来嘛，"别克制，做自己"。

本就不是个心细如尘的妹子，何必为了对方开启强行关心？

本来就是强扭的瓜不甜，何必靠鸡零狗碎的感动去拼凑一份莫须有的"爱情"？

关心也好，照顾也好。如果对方喜欢自己，这么做会收获感动，可两个人只是朋友而已，这简直是咄咄逼人的负担，是仗着对方不好意思撕破脸的“情感绑架”。

你喜欢人家是没错，但并不代表因为你的喜欢，人家就欠你什么。

总是有人站在女生的立场，一遍遍地告诉她“其实人家根本没有那么喜欢你”，搞得暗恋、单恋或者什么恋的女生，总以为自己才是受害者。那是不是也该站在男生的立场，告诉女生，你自以为是的感动，从头到尾感动的只有你自己，明明是一段纯洁的友情，却因为你一个人的感情而不得已走到尽头。

当初张爱玲说自己的喜欢，是卑微到尘埃里开出的花。

其实当时她早已经将胡兰成吃透，真正卑微的，怎么还有心思开花？

作为先动情的一方，自己都没想明白的事情不想解决，就一股脑地扔给人家，这本身就是极度不负责任的表现。人家要是能接受早接受你了，何苦对你无所不用其极的暗示横拦竖挡？

再说了，男生看破了暗示，却迟迟不肯开口，被拒绝的概率不要再大，把作恶的机会推给对方，真拒绝你，还有厚脸皮继续做朋友吗？

无论男女，我们总会标榜自己在一场感情中付出了多少，说曾经高傲的自己，为了爱卑微到尘埃里，这不过是感动了自己而已。

为爱可以谦卑，却不要卑微，没有任何人值得你去放弃独立人格的自己，说为了别人丢掉自己的，不过是不成熟的借口。真正完美的爱情，并不会叫你卑微，而是使自信的你更加自信，豁达的你更加豁达。

并不是两个完美的人在一起，才称得上完美的爱情，而是爱情造就了完美的我们。

所以，别再拿“真爱”拿腔作调了，好多女生一旦认定了自己对对方有所付出，就设定了“他这辈子都欠我”的思维定式。

殊不知，生不必要的气，犟没用的嘴，争一时的风头，相信不会兑现的诺言，爱上不爱你的人，归根到底一个字——蠢！

请为你的情感绑架松绑！

“我爱你”该谁先说出口

1

某天晚上，和闺蜜出门吃饭。在路上，她说有事想告诉我，但欲言又止，态度吞吐。我朝她打趣：“莫不是恋爱了？”

她害羞地点点头，不过言语迟疑：“只是……”

“我也不知道这算不算恋爱？”

我头脑中警铃大作：“异地恋？网恋？唉，反正异地恋久了和网恋也没多大区别。”

闺蜜从头给我讲了她的故事。

2

闺蜜喜欢的男生，姑且叫他大雄吧！他们两个是在微博上认识的。那天，台风大作，窗外昏天暗地，电闪雷鸣。偏偏不巧，闺蜜家里的电闸也跳了。

于是，闺蜜在黑咕隆咚的屋子里，发了条微博："暴雨停电，喜闻乐见。"

微博刚发出去，就听到回复提示音，在未关注人私信那里有个小红点，对方说："真巧，我家也停电了，交个朋友吧。"

两个人就这样在机缘巧合下认识了。

之后，他们在微博上聊得不错，又加了微信。大雄先生和闺蜜两家离得也很近。

某天，下大雪，闺蜜发了条朋友圈说："冻死了，好想吃火锅啊。"

大雄先生回复："真巧，我也想吃，不如我请你吧。"

那时，他们两个只是每天在微信上聊天，话语聊得投机，再加上日积月累的陪伴，闺蜜在心理上对大雄先生已经产生了一丝微妙的情绪。

比喜欢多一点，但似乎还尚未到达爱情的程度。

闺蜜把这件事和她妈妈说了，妈妈说："你已经大了，这种事情可以自己拿主意。"

于是，大雄先生和闺蜜第一次走出网络，走向现实。

3

那天，他俩都很紧张，毕竟之前聊得再好，也只能算是个网友。不过两人一见面，闺蜜之前对自己的顾虑统统烟消云散了。

原来大雄先生在见闺蜜的前一天，和同事打篮球，扣篮时跳跃用力过猛，拉伤了韧带。所以，当大雄先生拄着拐，一瘸一拐地走到闺蜜面前时，她笑得前仰后合，也是因为这段小插曲，令两个人之前的尴尬情绪一扫而空。

那天，他们吃完火锅后，又去海边走了走。闺蜜说她看着潮起潮落，心情也好像跟着起起伏伏。不过，海潮的起伏是因为地球引力，而她则是因为大雄先生。

她好像越来越喜欢他了。

4

我和闺蜜认识了四年，从大一开始，也听说过有许多男生追求她。但是却从未见她答应过谁，所以在她表露出对大雄先生的喜欢后，我相当惊讶，身为颜狗，第一反应自然是要照片。

闺蜜挥手驱赶我："去去去，我也惊讶竟然喜欢他不是因为他长得多英俊！”

那是因为什么呢？

因为他总是能说出令闺蜜开心的话，在她低落难过时，只想同他倾诉，在她欢欣雀跃时，第一个想同他分享。甚至连那句“我喜欢你”都未曾说出口过，却在脑海中已经同他过完了一辈子。

她会留心他的每条状态，会为对方没有主动找她聊天而吃味，会在对方给她看相亲对象的照片时，对那个女生产生毫无缘由的敌意与反感。甚至，她翻空了对方的全部微博和朋友圈，只希望从对方过往的蛛丝马迹中，寻找到一点对自己有利的线索，证明对方喜欢她。

我有些崩溃，“亲爱的，既然你那么喜欢他，就告诉他啊，何必自己在这里为他的情绪悲悲喜喜，感动了自己，对方却毫不知情。”

闺蜜有些茫然，随后傲娇地一扭头：“我才不要。”

“喜欢你”也好，“我爱你”也罢，不该是男生先说的话吗？如果这句话被我抢先了，是不是就意味着，在爱情这场战役中，至此丧失了主动权？如果我喜欢他，喜欢得更多一点，就意味着我将是弱势群体，我必须一再地迁就他……

而闺蜜并不想这样，她希望保留最后一点在爱情里的尊严。

5

“那你有没有想过，也许他同你一样，也是一个很慢热的人。他会害羞，会恐惧。也许他能够感受到你对他的喜欢，但因为你不曾明确地表示出来，也兴许因为他很在意你，所以不敢贸然开口，怕失去你这个人呢？”我说。

闺蜜想了想，她说：“其实我们两个已经两天没说话了，昨天我盯着他的头像，盯了一个多小时，但是我觉得如果我主动和他说，他就会觉得，我不够矜持，觉得我过于主动……这样太没有自尊了。”

我哭笑不得地说：“那他主动找你，难道也是不要尊严？”

闺蜜说：“我不管，我不管。还有，古龙不是说过吗，如果一个女孩子喜欢一个人，那么全世界的大雾也遮掩不住。”

但理论与实践，往往是两回事。

6

我想起以前和朋友的一段谈话，我和她抱怨自己总是没有办法在最恰当的时间，遇上那个喜欢的人。

她说：“难道你就从来没有察觉到过别人对你的喜欢吗？”

我说：“有啊，但是那时我不喜欢他，所以总会装傻充愣地避免直接面对这个问题。”

等到我缓过劲，意识到自己也喜欢对方时，这事儿早就被人家翻篇了。

她说：“因为你是一个对待感情很慢热的人，而许多人并没有那么充足的耐心去等待你。就好像你说的，很难一见钟情，喜欢的人都是聊得投机的，只有你先在心理上接受，才能再考虑喜欢这件事，所以你都是由友情过渡到爱情。”

这就好比是两条路，一条大路叫爱情，它旁边还生出一条小路叫友情。你总是从友情的那条小路缓慢出发，而喜欢你的人直接走的就是“爱情”，也许人家都走到终点了，你还在“友情”那里磨蹭呢！而等你好不容易意识到自己喜欢对方时，你终于踏上那条叫爱情的路了，可人家在终点盘桓了一阵，早就等不及离开那里了。

所以永远都没有办法，在最恰当的时间，遇上那个喜欢的人。

7

于是，我把这段话，复述给闺蜜。她想了好半天，叹气，“但是我真的没那个勇气，我想让他知道我很喜欢他，但又真的不敢直接告诉他。”

有多喜欢呢？甚至她妈妈想让她留在这座城市，可她为了大雄先生都偷偷地报了老家的公务员。甚至买来一堆考教师资格证的材料，开始每天去上自习。为的就是给她和大雄先生的未来，留出一条后路。

她自嘲：“我从来不知道自己竟然会这样喜欢一个人。”

我问：“你确定你对他不是依赖吗？你知道我们总会习惯性把崇拜、依赖和喜欢弄混呢！”

她想了想：“就这么和你说吧，对他的这种感情，是我之前对其他人都从来没有过的。”

所以，我相信，那就是爱情。是爱情在那个狂风暴雨停电的夜晚，偷偷洒落一颗叫缘分的种子，然后在日积月累的感情量变下，终于有一天萌芽，开花。

就像是小王子的那株玫瑰花，因为倾注了大量的时间与感情，所以它之于小王子便是独一无二的珍贵之物。而大雄先生之于闺蜜，也是那株玫瑰，只属于她的独一无二。

而想要与一个人产生羁绊，必然要冒着落泪的风险。

所以，闺蜜会患得患失，会担心主动令自己失去自尊。她全部的不笃定、不确定皆源于——她爱他。

8

所以，亲爱的，既然你已将未来的种种安排都加进了一个他，怎么会偏偏少了那一点——将暧昧捅开的勇气？

许多爱情尚来不及破土而出，就因为彼此的紧张与羞涩被扼杀。

主动一点，不要顾虑那么多。希望你的玫瑰，能开出最美丽的花。

Chapter 5

不是说好，朋友一生一起走吗

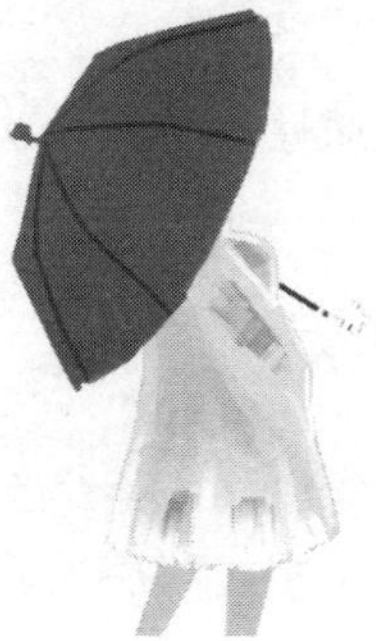

身边的人来来往往，

能放心倾诉心事的没几个。

曾经一起哭过、笑过的朋友，

你们如今在哪里？

维持的感情越来越淡，培养的感情才会变浓

我这个人懒，不喜欢维系什么关系，总觉得维系的感情越来越淡，培养的感情才会越来越浓。

之前朋友说，你这个人对感情的态度太散漫，觉得喜欢了就在一起，不喜欢了就散，但友情也好，爱情也罢，都是需要维系的，你喜欢谁，不能总是默默地藏在心底，总搁在心里惦记人家，嘴上不说，人家就会觉得自己被冷落，时间久了，有对他们更加热情的人，人家就会离开你。

我觉得他说得对，但反过头来该怎样就怎样，这些年身边的人来了又走掉的不少，但习惯我这尿性，还挺喜欢的也是不少。

君子之交淡若水，这是我最喜欢的关系。

其实，早先的我并不这样认为，我是个特别坚持甚至偏执的姑娘，每一段关系都想紧紧地握在手中，可感情就像手

中的沙，像竹篮中的水，并不是你攥得紧，盛得多，收获得就能更多。滚石上山，累个半死，却发现前尘种种皆是无用功，别人的一个否定，石头滚落的速度要比你气喘吁吁累成狗时轻易多了。

朋友圈里有篇文章传播得特别广，说是："小白兔有五根胡萝卜，每天给小黑兔三根，小黑兔也没表示什么。忽然有一天，小白兔少给了小黑兔一根，小黑兔却责备她，你为什么会少给我？"

感情中付出多的一方总是弱势，因为对方会觉得你做的一切都是理所应当的，他把你的付出当作习惯，因为你偶然的不付出来责备你"你为什么会少给我一根"，却从来不找自己的问题。

这时，小白兔就该硬起骨气回一句："我又不欠你的。"

我对你好，我乐意。但哪天对你不好了，别来指责我，先找找自己的问题，我还会回复一句"我乐意"。

我交朋友分两种，一种是可遇不可求算作知己，能遇见他们算我前世积德，这辈子都不敢做坏事。一种是各取所需，虽不能两肋插刀，但也不会掉过头来插我两刀，有个什么事儿需要帮忙，几乎有求必应，还不会斤斤计较太多。这两种朋友相处起来都特别轻松，第一种你不用说太多，交会个眼神儿对方都懂。第二种，彼此心知肚明感情深浅，也不会强求太多，来往起来不需要提心吊胆，如履薄冰。

有“倾盖如故”，自然少不了“白发如新”，我最厌恶或者是恐惧的关系，是“压根没有一点儿同对方交往的念头，却不得不顾大局、表面和气的人”。

必要认清事实，不同的人之间的确存在气场不合之说，并不是你努力地想维持好一段关系，就能称心如意的。

好似《甄嬛传》中的各路妃子，互看不顺眼，偏偏躲也躲不开。表面上一团和气，却完全不知道谁会刚说完“替朋友两肋插刀”，随后眼都不眨地插你两刀。偏偏一个个演技精湛到惟妙惟肖，拉着你的手高兴时语笑嫣然，难过时泪眼涟涟。人前好似亲姐妹的是她们，翻脸不认人随时翻旧账的还是她们。

把你夸得天花乱坠、捧上天堂的是他们。

把你骂成一坨狗屎，诅咒你坠落地狱的也是他们。

你永远分不清他们说的话，哪句是真，哪句是假，哪里是真情流露，哪里是演技使然。

干脆闭口封心，眼观鼻，鼻观口，做个嘿嘿傻笑的吉祥物，“知道你在说假话，我也懒得戳穿你”是我们彼此剩下的唯一默契。

十年不见，都不会相互想念的这种关系。

怎一个“累”字了得。

圈子不同，不必硬融。圈子相同，也只捡几个意气相投的发展，和谁都想交朋友，到头来，谁都不拿你当朋友，这就尴尬了。

大概是荧屏里好闺蜜撕逼、劈腿狗血洒了太多，我和几个要好的朋友，都特别回避“闺蜜”这个词，哪怕是“损友”都比“闺蜜”来得舒服。我最好的女性朋友，我叫她“老婆子”，她叫我“老头子”。我俩谁都不是同性恋，却这么一叫就叫了十年，还要更远。

男生称好友，越是猥琐越能体现两人友情之不拘小节，什么“屌丝”“衰货”“三孙子”。而女生则像过家家一样，关系好的互称“老公”“老婆”，甚至还有“姨太太”和“小情人”，但就像婚姻法里规定的那样，一夫一妻制，正妻不可欺。

前几天，我同死党说起，我写的稿子被公共号转载了。她既没过分激动，也没猛劲儿夸我，却是找到那个公众号把文章转到朋友圈，一张叫人不好意思戳破的炫耀脸。

她说：“兴许以后我还能有个作家朋友。”

我：“胡扯，还远着呢，不过等我真能出书，我就送你个十本八本……”

她：“放村头厕所，留着没纸了用……”

我：“可以啊，我全签上你名。”

她：“现在收回刚才的话还来得及么？”

我："来不及了……村头厕所见。"

我的这些好朋友，不爱说漂亮的场面话，也不擅长锦上添花。我被浮光包围时，他们默默地退在一旁鼓掌，泯然众人；在我有困难时，却义不容辞地挺身而出。

虽然都不是什么大事儿，但日久见人心，就知道什么是道貌岸然，什么是弥足珍贵。

有的人每次出门都会带纪念品给她，却在身处外地想找人帮忙拿快递时，冷冰冰地丢下一句："我活着难道是为了给你取快递的？"

并不是，我没有立场责怪她，但下次带礼物不会再想起她。

有的人平时满嘴"亲爱的""大宝贝"，发合影都是"我最亲爱的好闺蜜"。却在考试成绩出来后，绩点比她高出一点，恨不得人前人后说："她平时根本没我努力，她凭什么能拿高分，不知使了什么手段。"

没关系，随你说。我只会更加让你看不到我的努力，然后下次狠狠地碾轧你。

人都不是傻子，谁对你好，谁对你不好，是真心还是虚情假意，就算刚开始看不清楚，时间久了再上当，不真蠢不就行了。

我不维持感情，维持的感情让人卑微，对方只会觉得这一切都是理所当然。

我培养感情，谁对我真心实意，我对谁加倍宠溺。因为我知道，我对她再好，她都不会翘尾巴，而是反过来也对我更好。

所以，懒就懒吧，我照样这么过，做个不聪明的正常人，起码不会被当成傻子。

我已明白那终究会到来的疏远

上小学时，我有一个朋友，我俩住在前后楼，关系也很好。每天一起上学放学，偶尔还会去对方家里吃饭，睡个午觉。小时候把“一辈子”看得特别容易，动不动就说“我们要做一辈子的好朋友”，还喜欢一个词叫作“天长地久”。以为凑齐了天长地久的一辈子，就真的能够永远做朋友。

但我不知道的是其实她并不喜欢我，她在学校还有更好的朋友，她们是对门邻居，穿着开裆裤一起长大的，哪怕是小孩子心中也会有权衡，很明显她的那个朋友，比我可爱，比我有才华。她们可以一起美美地聊什么色的发卡更好看，聊寒暑假去外地旅游的见闻。而她们说的那些，都是我不曾拥有或者从未见识过的。

别说是她，连我都更喜欢那样的朋友，而不是当时的我。

可是直到我听到她在背后和别人说我的坏话，她说我每天在楼下叫她上学其实很烦，因为这样整栋楼的人都会知道她要上学了，她还说和我聊天很无趣，很多时候都是我在说，而她的心早都飞到九霄云外。而我并不知情，因为从她嘻嘻哈哈的脸上根本看不出她的不开心。

后来小学毕业写同学录，她写了很难听的话给我，具体内容我不想再复述。经此一事，我们便再无联络。至少许多感情还要走一遭由浓转淡的过程，而我们之间甚至连一场像样的争吵都没有。所有我自以为是的友谊，被一纸薄刃斩断。

大概她从来都没有把我当作朋友吧！

后来上了初中，还是楼前楼后。这回我学得聪明一点，每天等人再也不会到楼下大喊了。那时候每个单元都安了防盗门，我通常都是在楼下按一声门铃，然后再后退几步，站到对方能看到我的地方，她在窗台应一声，过一会儿便背着书包飞奔下来。

那时候，我们相处得很愉快，每天有聊不完的话题，我也不再自顾自地只说自己喜欢的，开始学会倾听。

上初中时，正是“韩流”来袭，地方台每周六都会演一档韩国节目叫《情书》，我们两个经常跑到一个人的家里，守在电视前，边吃零食边讨论。

当年零花钱不多，每天也就一两块，但那时候消费也不高。我把所有买零食的钱都攒起来买贴纸和磁带，而她则是专心致志地收集张娜拉的海报。初二那年，胡军版《天龙八部》播得正火，我俩不约而同地喜欢上了饰演阿紫的陈好，便时不时去学校门口的文具店淘一块钱一张的贴纸，有时候买重了还会交换。

记得有一次，我相中了一张她珍藏的张娜拉海报，她先说要送给我，后来临走又舍不得，却又觉得这样对朋友很亏欠，就请我去楼下吃酸辣粉，我请她喝玻璃瓶装的雪碧。酸辣粉的辣椒特别火辣，每次我们两个都肿着嘴回来，但在路上就开始惦记起了下次。

那时候，我还是相信一辈子，还信誓旦旦地和对方约好，以后结婚给对方当伴娘，生了孩子要认干妈。我们知道彼此的全部小秘密，知道她喜欢那个梳着西瓜头的男孩子，她每次与那个男生擦肩而过，脸都会红得快要滴血。那时她觉得那个男孩很乖，成绩优异，喜欢穿白衬衫，笑容特别干净，眼神亮得像是一片天，恨不得化作天上的云彩，被他收入眸中。

后来，那个男孩的遭遇和《左耳》里的许弋差不多，交往了一个野马似的姑娘，自己也变得粗野。他再也不穿白衬衫了，衣服裤子上总是挂着许多花花绿绿的链子。

有次，我们在回家的路上再次遇见那个男孩子，他手里夹着根烟，口中脏话连篇。我们从他身边走过时，他恶狠狠地瞪了一眼，再也没有当初澄澈的感觉。

我的朋友为此回家大哭一场，从未恋爱，难过却胜过失恋。

再后来，我们中间又加进来一个上英语班认识的小伙伴，数学中讲三角形是最稳固的结构，但在感情中却从来行不通。

一旦涉及到人，1+1的亲密度永远大于3。后来的事情不说也罢，不过就是我把A介绍给了B，后来A、B之间比和我还要好。

而我知道，我和那个朋友的友谊并不是像小学那样，没有对等付出的真心。我们真的拥有过一段特别真挚的友谊，但火山喷发并不是一蹴而就的，之前必然埋下了诸多微小却足以压倒友谊的隐患。

而唯一令我难过的是，后来她们两个闹掰后，又各自回来找我，讲了许多之前不曾说开的话。我这才知道，原来在三个人的关系中，如果要将其中一人排挤出局，势必要在事实的基础上添油加醋，直到模糊了回忆本来的面目。这令当时的我听后怒不可遏，不肯原谅。

直到上大学后，我回老家意外地在路上碰到那个朋友。当时外面下着大雪，我只看到一团明蓝色从老远朝我飞奔而来，接着就扑来一人紧紧地把我抱住。我这才看清是那个朋友。

那时，我早已搬家到外地，换了手机号和一切联系方式，我们从那次不欢而散后就再没见过面。她还住在老地方，说有时想我了，会去我家的门口转一转，希望能碰见我。

后来，每次回老家我们都会约着见面，关于过去的不开心，我们默契地闭口不提。毕竟没有什么比久别重逢还肯坐下来心平气和地聊天更值得珍惜的事情了。

人生如一场旅途，这一路遇见过一些人，错过了一些人。许多人在我们俱不知情的时候已经见过最后一面，所以若能分别再重逢，已是命运的恩赐，感恩尚且来不及，那些少不更事的青葱莽撞，且让它随风而逝。

去年过年的时候，我的微信列表中忽然冒出一个新群聊。一打开，惊喜地发现竟然是小学同学群。我把里面的人名挨排读过，却失落地发现，好多人名已经对不上脸了。小学大概是读书时最长的一个阶段，从学前班到五年级，一共六年的时间，差不多朝夕相对。然而此去经年，许多人不联系就会淡忘。

但令我惊奇的是，那些真正能让我记忆深刻的，不过是爱过和恨过的。记得班级里每次都考第一的男孩，据说高中直接保送去了清华。记得我的一任同桌，在我被班级孤立的时候，是她站出来替我说了一句公道话。也记得那个与我一同上学放学走了五年、最后一纸薄刃直插心尖的“朋友”。

可不论过去怎样，如今的我再也生不起去添加好友，重新介绍自己，认识一下现在的彼此的兴趣了。过去的就是过去了，无法弥补，只能尘封，让它埋在内心的最深处，直到淡忘。

我写过一篇文章叫《维持的感情越来越淡，培养的感情才会变浓》，在那里写得比较云淡风轻，好像我生来就将得失看得很开似的。其实不是这样的，我再小一些的时候，表达感情的方式直白、赤诚且简单，像是一团火焰，温暖人的同时，也可能会不小心烧到别人。

吃过一些亏，伤透了几次心，这才逐渐学会阿Q似的自我安慰，劝说自己把情绪放得淡一些，不再去过分地在意不值得的人。而只有我自己知道，那些看淡不说只是口头上说说罢了，当我意识到那些在意的人逐渐离我远去时，我依然会放不下。

怎么会放下呢，毕竟都是我交出去的真心呀！

你不说出来，我怎么会明白

之前一直玩得不错的朋友，忽然断了音信，我在微信上找他，绞尽脑汁地说些俏皮话，希望能缓和一下尴尬的气氛，可惜无论我做什么，都好似石沉大海，对方闭口封心，就是不回应。

这场疲劳战役搞得我好似倒贴，恨恨地把他的微信名称改成“再和他说话就是猪”。但看着他成天给别人积极点赞、留言，却偏偏把我隔离在外，我觉得还是应该和对方说个明白，连死都不知道怎么死的，实在是太冤枉了。

猪就猪吧，我安慰自己，然后给他留言：“你这是在搞冷战吗？为什么我说什么你都不回复，好歹得说清楚吧！”

我这边刚点击发送，那头就显示对方正在输入，很快我就收到了答案：“因为我在和你生气，可你只知道说俏皮话，根本没意识到我的愤怒！”

我在这边发愣，身高一米八的汉子装什么“小公举”：“我什么时候惹你生气了？”

“上上周咱们聚餐，我刚做好的发型，你上来就一顿乱揉。”他接着说，“明明是想帅瞎他们的狗眼，结果被你先搞成了狗窝。”

我在这头啼笑皆非：“就这么点事儿……”

他翻了个大白眼：“不然呢？”

我真想回给他一句华妃娘娘的经典台词：“贱人就是矫情。”

“那你为什么当时不告诉我？”

“我和你说我刚做好的发型！！！”加强连的感叹，透过手机都能感受到他的怨气冲天。

“好吧，我承认我也有错误。就看一头卷卷特别可爱，没忍住手欠。但是当时咱俩还有说有笑，我怎么会知道你还在生气？”

他那边停顿了一下，这回不打字改发语音了，那边一个大老爷们儿相当委屈：“以为你感受得到啊，我不说，你就感受不到吗？”

“真感受不到。”就是如此坦诚。

讲真，这位朋友算是我很看重的一位，不然怎么会在遭遇对方冷待那么多次后，依然顽强如小强般去寻找原因，要是换作别人，可能早就在黑名单里躺尸了。但经此一役，我觉得我们的友情可能也只能止步于这个阶段，而且之后也只剩下坡路了。原因很简单，无论是什么感情，坦诚相待是最起码的。我这个人比较大条，听不懂把肠子绕成山路十八弯的话，也最烦话不说完，偏留一半，剩下的叫你猜啊猜，还死活不肯告诉你答案的人。

朋友之所以比熟人更亲昵，就是因为更加心有灵犀，可心有灵犀不是用来闹别扭的。正如上面那位朋友，我之所以在事后还会找他聊天，说明当初的所作所为并非有意，而他既然已经识破这点，那之后该说说该骂骂，大家把话聊开，心结打开就敞亮不少。何必彼此怄气，必须人家点名道姓地问到你，才满腹委屈地说出真实原因，还得不到想要的结果，何必呢？

如果当时他就表示他的不满，或者之后私下说出，我可能会马上同他真心实意地道歉，并再也不会做相同的事情，我们还会是很好的朋友，这只是友情路上一粒微不足道的小石子。

可他偏偏选择冷战，让我自己去意识到发生了什么。我庆幸自己难得头脑清楚一回，但说不难过是假的。这件微不足道的小事，在冷战的放大镜下被放大数倍，照清了数倍。

如果我就是没发现呢？如果我没有主动去问他呢？那我这个朋友就不要了吗？可见他也并没有对我多在意，是吗？

你希望我懂你多一些，我又何尝不是呢？

其实朋友之间有误解和矛盾，最好的解决办法不是冷战，也不是暗自闹脾气，而是把话说开。可能你觉着许多话说了矫情，不说又憋屈，更崩溃的是你在这儿郁闷得要命，对方却丝毫没有察觉。但如果你当对方是朋友，就应该积极解决问题，而不是回避问题，或把问题抛给对方，这样玩多了，就真的没法做朋友了。

对方若是真朋友，一定会好好地同你和解。若对方并不在意，那就纯当给他添些堵，认清是什么人就好了。

但记得，一定要说出来，多少感情就是因为沟通不善才走到尽头的。

你不说出来，我怎么会明白！

你赌气，我还会觉得你事儿。

早晚你会为了别人，明白我如今的心情

1

我有一个朋友，我俩在一块儿时聊得来，相处得也很合拍。整体而言，她是我所有朋友加熟人里，相当合心意的一个。但最近一年里，我大概生出过八九次和她绝交的念头，原因简单得很，我接着说完，你再判断是我矫情，还是真该绝交。

我俩关系一直不错，认识也有三四年了，但自打毕业以来，我就觉得我们之间的许多东西变了。有时周末我约她出来玩，每次都被她以各种理由推掉。有的理由很正当，比如公司加班、公司联谊、已经和别人提前约好了……这种非主观能动改变的事情，我只能表示遗憾，同时表示："那你有时间找我玩啊。"但她从来没有主动找过我一次，也只好自欺欺人地理解成她始终没时间，日理万机，比美国总统都忙。

不过好朋友之间总得有一个涎皮赖脸，在她拒绝了一二三次之后，我又接着以各种她可能感兴趣的理由，邀请了她四五六次，结果依然是被拒绝。

次数多了，任是我脸皮厚比城墙，自尊心也不堪负重，败下阵来。我们之间的关系从无话不谈的好朋友，一下子好像变成了身价过亿的富豪与远房投奔而来的穷亲戚，不然解释不了她为何对我如此避之不及。

我认真反思过，是哪里得罪了她？

首先，我们金钱上不存在纠纷。从大学起，我们之间就达成共识，消费 AA，我又习惯多掏一些，不会让她存有心理失衡。那是我无意中冒犯了她的爱豆？也不可能，我俩爱豆相同，让我去黑不如叫我去死。至于挖朋友墙脚这种事，两条单身狗就更不必费心了。

我把所有朋友之间可能发生的龃龉都想了一遍，发现自己压根儿没有对不起她的事儿。检讨反思进行到一半就开展不下去了，我一向以自我检讨、自我批判为习惯，觉得苍蝇不叮无缝的蛋。如果和别人发生什么矛盾，那一定是我自己有问题。可有时候，哪怕把自己在心里剥层皮，都找不到什么问题的时候，又让人很火大。

凭什么不管发生了什么，也不管是否有错在先，人都要自我反思呢？有时候分明是别人的错误，为什么总要把别人的罪责往自己身上揽？我受够了这样的反思，好像什么错误都是自己的，然后再去包容、忍让，这样反倒是助纣为虐地伤害自己。凭什么我付出，我忍让得多，到头来出现问题了，还要我反思？我在反思的同时，她会有哪怕一瞬间意识到我们之间的友情岌岌可危了吗？

不会有，否则她不会在无视我的留言后，还发了一条朋友圈。

2

两个人要是一个都不在乎了，另一个还拼了命地去挽留，这段感情就失去了存在的意义。

也许那位朋友是真的没时间，也是真的脱不开身。这些都可以谅解，朋友嘛，如果连这点小事儿还斤斤计较的话，就太不够意思了。我介意的只是，在我心灰意冷后，她都没有主动找过我一次，哪怕像是从前那样，听到好听的歌转发给对方一个网址，什么都不必说，我都明白她心里有我。

可现在不是了。

也许是我的过错，让她习惯了被动。找她出来玩的人是我；晚上回宿舍时，将她送到楼下再自己回去的人是我；吃到合口的美食，第一时间想让她也尝尝的人是我；好不容易拿到喜欢爱豆的签名，想起她没能到现场，直接把签名送给她的人还是我。

我会记得在节日送她礼物，记得她的生日，记得她的喜恶。

把她当成家人和一辈子的好友那般珍视，每次感到有些事令她不开心时，怕当面说出会发生冲突，还给她写长长的信。

所有的事都被我做了，以至于她把这份好视作理所当然。付出不打紧，一直主动也不打紧，令人寒心的是我在这边拼尽全力地维护这段友情，看到裂痕的时候想尽一切可能的办法弥补，而对方始终抱着肩膀在一旁冷眼旁观，那我努力还有个什么用，反正她身边总会有来来往往的新朋友。

3

之前同别人聊天，说朋友之间总要有所图谋，才能将友情保持得长久。互无所图的友情，漫不经心的经营，早晚会令友情走向尽头。

也有人给我讲过，说她生孩子前同班上的一个同事关系特别好，好到两个人能吃一根冰棍、穿一条裤子的地步。但后来各自生了孩子，精力全扑到孩子身上后，感情就淡了。再后来其中一个辞职，另一个开始的时候还会来看看她，时间久了甚至一年到头都打不出一通电话。直到现在，已有十多年没有联系了。

她们从来没有发生过矛盾，留在彼此心中的印象也是好的，但有一种感情的结局叫作“无疾而终”。不要去相信什么“真正的友谊是哪怕长时间不见面，也依然深厚如初”的鬼话。

这样的友情虽然有，但前提是对方心中有你。

现在通信比以前发达多了，如果对方想你，她一定会表示出来，让你感觉得到她心里有你。哪怕不见面，微信上也有说不完的话，道不尽的晚安，这样的友情的确会如佳酿，越陈越有味。但更多人的感情是不见面就淡了，不联系就断了。你再是惦念着人家，人家不想你也是白搭。

友情不同于爱情和亲情，爱情可以单恋，父爱母爱可以是不图回报的。唯独友情不行，两个人想要成为朋友，必须是双方达成共识，彼此接纳，彼此包容，否则孤掌难鸣。

4

随着年龄的增长，身边的朋友越来越少，而微商越来越多了。我之前发了这条在朋友圈，有人打趣：“那赶紧把他们屏蔽啊！”

我说：“不行，有人刷刷屏还能显得热闹，要是把他们都屏蔽了，未免显得太冷清。”

有些朋友在一起时，恨不得整天黏在一起，同食共寝，好得跟连体婴儿似的，可一旦分开了，就好似从来没认识过这个人一样，一年半载都不会想起问候一句。

我女神写道：“有的人许久不见，自带方圆十里的思念。有的人不能整天黏在一起，很快就淡了。”这正是大多数友情的现状，掩藏在逢场作戏之下的真心实意分出来卖不出几两重，反倒羡慕起那些从一开始就明白彼此的友谊基于利益交换的人。

付出多少情谊，能够得到多少回报，心中都有数。不至于像我这样，别人爱搭不理，自己还沉溺于旧情之中，舍不得割舍一段友谊。

人生是一条漫长的路，有的人曾与你风雨同舟，但雨过天晴后就离开了。有的人陪你同享荣华富贵，但深陷囹圄后就离开了。有些人一时兴起，觉得与你合拍，两个人结伴同行，可能你觉得彼此感情最深厚的时刻，就要走下坡路了。

因此，无论是友情或是别的感情，都应该懂得“感谢你会来，不遗憾你离开”的道理，结束了旧的诗行，才能开启新的篇章。

不过，我依然想说一句：“失去我这么棒的朋友，是你没眼光。”感情的付出总是等量守恒，早晚你会为了别人，明白我如今的心情。

好朋友，要常联系

你朋友多吗？老朋友还在吗？

在你需要帮忙取快递时，有几个能痛快答应？

在你生病不敢一个人等结果时，谁能陪在你身边？

当你感到郁闷，需要找人倾诉时，又有几个能耐心地听下去，温柔地开导你？

在你遇到渣男渣女时，又会不会有那么一个人，哪怕不是感同身受，你也能感觉到她（他）真心实意地难过。

那些说要给彼此当伴娘的朋友，现在还有联系吗？那些住在你上铺的兄弟，毕业后还一起喝过酒吗？

更不必再往前追溯，漫长的学生时代，朝夕相处的同学又有几人成了朋友？十多年过去了，你还能拨通他的电话号码吗？

越长大，越孤单。那些共同度过的青春岁月，随着时光流逝，年龄增长，真的就只剩下毕业纪念册上的一枚符号。

兴许深厚的感情，需要时光量变积攒达成质的飞跃，但更多的是，我们边行路边失去了那些曾经拥有过的朋友。

某天晚上，和挚友通了一小时的电话，我俩异地加漫游，挂断电话手机就停机了。她是我初中同学，初中时关系也就算认识。一次我和别人聊游戏《仙剑奇侠传》，意外得知她也在玩，而且还是个老玩家，去找她问攻略，问得多了，成为闺蜜也就顺理成章。

高中我离开家，去另一个地方走读。和初中的同学都不大有联系，除了她一个，大概是兴趣相投，性格互补。她耐心十足，特别能容忍我的聒噪。就这样到我高中毕业，搬离故乡。不管什么时候回老家，她永远都是我要见的第一个人。

那晚，我俩聊天，谈起初中同学，对大多数人的印象都已模糊，能够脱口而出的名字，不是学霸就是恶霸。想来漫长的人生里，能让自己印象深刻的，不也就是那些爱过、恨过的人？

我俩提到彼此初中那会儿的朋友，如今散落天涯，大多都没了联系。对于“联系”的标准，我俩要求极低，在微信里不聊天只点赞的，都算有联系。

即便如此，剩下的也不足过去的十分之一。小椴说：“一生所交所游皆在欤，又可歌可泣长久否？”嘴上唏嘘，心底难过。

大二那年，我回老家参加初中同学会。说是同学会，但只有 12 个人，都是初中那会儿关系还不错的，自从初中毕业除了个别几个在路上偶遇过，也是五六年没见了。参加同学会的感觉很微妙，有些期待又有些恐惧，期待故友重逢，恐惧不存，大概这就叫作“近情情怯”。那天我乘兴而去，席间人还是旧时模样，顶多是褪去青涩，多了些立体棱角，但我知道有些感觉，真的变了。

我想起曾看过的小说中那句：“过去他们虽未在一处却虽远犹近，而今难得相逢，对坐席间，却发现许多记忆都在时光的打磨下发生了改变，那一刻的对视，虽近犹远。”

我坐在桌前，听那些过去的朋友讲他们高中、大学的逸事。那是他们共同拥有的回忆，对我而言却是错过也没办法重放的留白。觥筹交错间，是行云流水的光阴轻巧跨过，跨越了时间沟壑，却是再也填不满心上的裂痕。

几杯啤酒下腹，所有复杂的情绪翻腾入心，“热闹是他们的，而我什么也没有”。我之后再也不想、也不愿意参加那种“虽近犹远”的聚会了。

为何旧知己，到最后都难变成老友？长情与薄情相融一体，说来矛盾，也是无可奈何。

我们都觉得彼此变了，少年时的谈天说地一去不复返，只剩下尴尬寒暄：“你大学学什么专业来着？”就连询问对方有没有男女朋友，这种过去互怼证明感情的话题，现在都不敢轻易开口，怕是冒犯。

其实，我们都没变，还是惦念彼此，不过是藏在心底不曾表达。

但感情是需要表达的，对方若坐在你对面，一个微笑一个眼神就能互通心意。但经久一别，天涯四散，相隔千山万水，再也回不到那个我伸胳膊就能碰到你的臂肘，你抬腿就能踹翻我床板的年岁。

纵然你情义千金，不表达，对方也不会知道。不联络，就会疏远。

最可惜的感情，就是无疾而终了。偏偏友情中最常见的也是无疾而终，就是因为疏于联络。我们随着成长，有了彼此需要忙碌的生活，好多话因为是朋友，以为不会说对方也会懂。我们总说“海内存知己，天涯若比邻”，也觉得时间啊，距离啊，都不是问题，心想：“我们都是多少年的老朋友了，还差那几句彼此想念了？”

是啊，无疾而终的感情里，就缺了那一句“朋友，我很想念你”。

两个人要建立一段关系，培养深厚的感情，不是一朝一夕的事。凡是涉及人的感情，就没有捷径，更没有速成配方，任何一段速成的感情，都会像开始那种速度结束，好的感情经得起文火慢炖，挨得过细水长流。同样，两人从旧知己变普通朋友最后变成最熟悉的陌生人，感情也不是朝夕之间就被稀释淡的。

世界这么大，懂自己的人却是寥寥，能成为好友更是可遇而不可求的缘分。

趁着你还拥有，就请务必珍惜。

朋友，我很想念你。

好朋友，要常联系。

我才不要做“一次性”朋友

1

出门办事，没拿手机，发现有三通未接电话，来电人是C，一个许久没联系过的人。

连拨三通一定是有急事，至少我是这样认为的。于是，紧忙拨过去，嘟嘟嘟嘟……响半天也没人接，便发了信息过去，手机调成响铃，生怕耽误人家办事。

两小时后，马上要上课了，对方才打来，我赶紧先道歉，接着询问事情。

“哦……我在外头吃饭，不知道吃什么，你帮我点个菜吧。”C在电话那边相当漫不经心。

而我这边举着手机一瞬间石化，快一年没联系我了，打来个电话，就为这事儿？

我有点不开心，但也不好表现出来，只好问她：“你在哪家饭店？一共多少人？”

对方报上餐馆名和人数，我还挺熟悉。脑子里狂搜他家的菜本。

“你点个锅包肉、鱼香肉丝、大拉皮……”

“点过了。”

“上汤娃娃菜呢？农家一锅出也好吃。”

“那是什么？”C问我。在我给她解释原材料的同时，她又跟服务员说话，压根没把我当回事。

既然如此，有服务员给你推荐，问我干吗？打电话不要钱？还是觉得我更适合当服务员？

“那我还能点什么？”她否掉我几个菜后，继续问。

我这边凭空想象报菜名，想得都饿了，“那再来条鱼吧，这样海陆空都齐了，你让老板给你推荐，他家每天都上新鱼。”

“哎呀，别麻烦人家了，你直接说完得了。”她还真通情达理，不给人添麻烦。

一万头羊驼奔腾而过，我这边已经打上课铃，“你查一下现在几道菜了？”

C数了数说：“11道，东北菜菜码大。”

“那够吃了，你跟老板说玉米饼按人头烙，老板人很好，还会送糖拌柿子或者花生米……”

不过这句话挂断，我就后悔了，因为老板和我是老乡，所以每次去要两碗米饭，都送小菜。但如果没送她，岂不是要怪罪我？

但说出去的话泼出去的水，我也收不回来了。挂电话前她还在问我：“那我是点米饭还是要馒头……”

我擦汗，说：“这你得问老板，他家米饭、馒头不一定做了哪种……”

教室里老师已经进来了，我说：“那先挂了吧，还要点菜让老板给你推荐，他自己比较熟悉拿手菜。”

对方连声“谢谢”都没有，抢先一步挂断电话，比我都快。

挂了电话，我心里就不大是滋味，总有一种被人当枪使，使完就扔到一边的感觉。而且这把枪都被她扔好多次了，只有需要用的时候才会想起。

2

上一次她联系我，差不多是一年前。那天，我在宿舍午睡，也是被电话声惊起，室友在床上翻滚埋怨：“大中午的，打什么电话。”我出门去接，一接起，C就说是想我了。

我俩的关系勉强也就算认识，虽然同在一个部门工作，但工作性质不重叠，除了偶尔开会能见到一面以外，实在谈不上过深的交情。所以，她这一句“我想你了”，实在搞得我莫名其妙，以为她拨错号了。

她在那边没有看到我的一头雾水，亲亲热热地唠了两句有的没的，又说自己明天下午回学校，有东西要给我，让我去接她。

我如约特实诚地就去了，结果她哪是想我，分明是缺了苦力。不光我，她还叫了其他几个女生，大家面面相觑，十分尴尬，唯独除了 C。我们几个人在她的指挥下，帮她把几个死沉的箱子搬到六楼。她倒是落得轻闲，夸我们：“不愧是女汉子，你们自己就够了，不用找男朋友。”

到了寝室，连歇下脚的时间都不给我们，一人发了三块小学门口一毛一块的那种色素糖，她就下了“我还得收拾东西，就不送你们了”的逐客令。

用人前打感情牌，用完人还要搞得我们跟要饭花子似的，反正我小肚鸡肠，心胸狭隘，我就是很！不！爽！

这种事，她不只干过一次。但又不能说她情商低，因为只要不深交，她给人留下的印象都是极其“温暖”“积极”“乐观”的。

但是很多人远远地观望就好了，就好像一件华袍，走近了兴许底下全是虱子。

3

我俩大一就认识，但实在气场不合。C 待人表面上如沐春风，好像和谁都特熟，但就是不好深交的类型。和朋友聊起“心机婊”这个话题，我的第一反应就是C。C最活的就是那双眼睛，算计起来眼珠子滴溜溜直转，跟她聊天像拍《甄嬛传》似的，在我这种电视剧里活不过两集的人面前，绝对是上位者。就是不大得民心，总觉得她把别人当傻子似的使唤。

她们期末要交创作作业，我俩从来没一起回过寝室，结果有天她坚持要送我回寝室，在路上说了一堆反正有点交情的人都不会问的蠢问题，实在是话不投机半句多，便开门见山地让我给她写篇故事，好交差。

那段时间正好是期末考试周，我自己还在考证，忙得焦头烂额，就拒绝掉了。事后和朋友聊天，发现她总是这样，用得到别人的时候现联系，用完就扔，过河拆桥都没她快，而且她大概自己也觉察到这点，所以她总是同时找好几个人，尤其是之前不知内情的，磨不开面子又不好拒绝她。

铁打的心机婊，流水的过河桥。

4

大一时，我仗着年轻牙口好，比较想不开，什么骨头不好啃，就喜欢啃什么。

有一次，她找我逛街，我寻思冤家宜解不宜结，兴许之前的误解都是因为交往不深，所以给彼此一个开诚布公和解的机会，就去了。

但显然，被坑后留下的泪，都是答应时脑子进的水。磨不开面子拒绝，活该被坑。

逛街前，她交给我一台卡片机，让我给她拍照片，还必须把1.6米拍成1.8米。爱自拍的小主都清楚，仰角显腿长，于是一路上，她负责貌美如花，我负责跪地吃土坷垃。

人家站着我跪着，人家美着我跪着，人家拍照片我得给找光线，必须拍出自带柔光磨皮的效果，拍不好了，还被甩臭脸。

一会儿大小眼了，一会儿出小肚子了，一会儿又笑容僵硬了。

我和我妈出门都没伺候她这么殷勤，跟老佛爷似的，买衣服袋子还得我拎。

人家街拍哪有自己拎兜的，她一副看土老帽的表情看我。

你怎么就不说人家街拍还有举打光板和递饮料的呢？

那天，她可是买爽了，自己兜里钱花得一毛不剩，我被要求不能离开她5米，在她选帽子的时候就买了顶帽子。她要凑会员卡折扣，说一起结账，我说没问题，还被她借走500块。

这500块之后的漫漫归途也是心塞，说出来都能再开一篇文。

到饭点，我饿得快胃痉挛，问她吃啥，她都说不知道。麻辣烫有垃圾油，辣椒吃多还起痘。饺子都是问题猪，蔬菜有农药残留。米线不能随便吃，都是塑料袋压的。烧烤吃完会得癌，吃时还得配啤酒。

她简直为食品安全操碎了心，我濒临崩溃，走进一家面馆，她还要吱声，我说：“我太饿了，吃碗面条就行，你爱吃啥吃啥吧，不吃屎就行。”

结果这厮也生气了，“就这么点小事儿，你至于吗！”

这点小事儿，我至于吗？我也问过自己许多次。每个人的心中都有一杆秤，真心值多少？假意又几分？人无完人，在相处的过程中，每个人都会有缺点与不足，所以需要相互包容与体谅。但是这种相处是建立在彼此真心实意的基础上的，而不是像文中的C一样，总是不知疲倦地做着过河拆桥的事情。

我曾有一次同C聊天，她说起有一次在机场认识了一个大叔，大叔在北京有家广告公司，她正好是相关专业，就紧忙把对方的手机号要下来。她说：“兴许哪天就用得上呢！”

大概在她的世界里，所有的关系都分为可用和不可用。可用的常联系，不可用的便搁置到一边。等哪天想起社交网络里还有这样一个人能够帮助自己，再说两句甜言蜜语让别人帮自己做事。

但是人生如棋盘，你我皆是子，既不是帅可以驱遣士卒，又没有以身为薪烘干天空的觉悟，怎么肯任凭同等的小卒一次又一次差遣？

说白了，人都是自私的。若感情无法得到对等回报，自然会心有不甘，在稳定长久的关系里尚需谨慎相处，精心培养。

更何况这种“一次性”关系，一次不好意思拒绝，大概是面子磨不开，两次不好拒绝背后已想翻脸，次数多了，谁都不是傻子。

大家都在一个圈子里，圈子里哪有藏得住的秘密，所以那些“老实人”傻一时也不会傻一世。自己都不拿真心对别人，凭什么要别人的真心？

我们总会和朋友说“有需要时就找我”，却不想他们“有需要时才找我”，虽然这样能证明自己有存在的价值，但实在不想只有被需要时才会想起，这样就太可悲了。

我不会把人当成这种用完就扔、再不联系的“一次性朋友”，同样我不想，也不愿意做别人的“一次性朋友”。

别拿情商低给自私当借口

1

某几天，我在外出差，听同事聊八卦，其中有一人出现的频率特别高。每次提到她的名字，大家的面部表情都会流露出程度不同的崩溃。

这人暂且叫她 C。

我去年跟的项目，一共四个人。除了我是新人外，铁三角连续几年都没有变动。在我来之前，这个位置是 C 的。

大家工作之余聊八卦，她们口中描述的 C 有些“不合群”，举了诸多小事，事情不大，却也因为日积月累闹得大家心里都结了个死疙瘩。首先是早上吃饭的问题。

出差在外，每个项目都是有时间限制的，不可能让你泡在一家公司，拖沓着把工作磨蹭完，所以公司给的时间，基本上都要比预计时间要短。于是，工作如同战斗，每天的生活都好像被按下了快进，恨不得学一学孙大圣，也化出几个分身帮自己分担公务。

白天的时间格外紧张，夜晚的睡眠时间则弥足珍贵。晚上不睡，白天受累，对我们这需要精神高度集中的行业尤其是。所以为了早上多睡一会儿，养精蓄锐，大家的早餐基本都是吃宾馆提供的早餐，这样还能多睡一阵。

唯独和C出项目不可以，因为她无论到哪里，早上必须吃到肯德基的早餐。项目组作为一个团队，只能依着C的要求，每天早起一小时，陪她去离宾馆很远的地方吃早餐。

早起也就算了，大家相互迁就包容也不是什么大事儿。但在工作上，C也比较自我，喜欢耍小性子。

每个项目结束后，都需要将要求甲方提供的底稿资料带回，方便做索引存档。但是底稿数量的确难以忽略，一家公司几百张底稿都是常态，也就意味着每个人都需要背差不多一整包A4纸回公司。虽然底稿很沉，但每个人都要背，并不是安排给个人的任务，所以大家接受起来，也没什么说法。

但C不是，在搭档把由她负责的底稿交给她时，C直接把底稿扔了回去，同时表示“谁爱拎谁拎，反正我不拎”。

理由是“沉，手疼”。

搭档自己还有一大堆底稿不知道怎么运回去，自然不肯迁就。两人争执不下，最后还是项目的总负责人看不下去，把C该负责的那一部分底稿给背了回去，但无疑这也增加了她的工作量。

至此，大家一听说要和C做搭档，哪怕面上不表露什么，心里多少都是有些不情愿的，因为人们会条件反射地想到“骄纵”“任性”“不合群”。和她做搭档，非但不能减轻工作负担，反倒会给自己惹来一身麻烦。

而“不合群”这个词在我们这种需要团队协作的工作中，实在是太恐怖了。因为这种繁琐的工作，哪怕本领再高强，经验再丰富，单枪匹马都是做不完的。C的“不合群”无疑给自己的工作前景埋下了一颗不知何时会引爆的雷，也许就在不远处等着她。

2

而关于C，我也有过当面接触的不愉快经历。有一次项目结束，我拿着底稿编索引，因为文件很多，有一些文件光附件就几十页，为了方便查阅，就要用订书器钉一下。我那天正在用的间歇，就齐整附件的工夫，她过来一声不吭，直接就把订书器拿走了。

这个行为至少在我看来是很不礼貌的，首先，我桌面上还平铺着许多待装订的文件，很明显这是正在用的状态。其次，不问自取，我一直认为这算是一种明目张胆的偷窃。不过因为订书器也是我和别人借的，所以不好那么严重地下定义。

她那一个不问自“取”的动作，让我想起我初中开学的第一天，班级大扫除，当时大家谁都不认识谁，为了在老师和同学面前留个好印象，劳动起来都格外卖力。我当时踩在桌子上擦黑板上头的“好好学习，天天向上”，桌子旁边还站了一个帮我洗抹布的姑娘。我还记得那个姑娘刚把抹布洗好，要递给我的时候，我蹲在桌子上，一个接的动作还没做完，从天而降一只手，一把抢过那块抹布。

没错，就是“抢”，带着非常不友好的态度。

抢抹布的人梳着“五号头”，脸很白，像个男的。我说：“你好，同学，这抹布我还在用。”

她高高地昂着头，哪怕我蹲在桌子上，明显比她高出一头，都觉得她是在用鼻孔和我对话。她说：“我用你的抹布，是瞧得起你，废什么话。”接着翻着鼻孔……哦不，白眼就走了。

这给我留下了极其恶劣的印象，后来老师介绍说她是以年级第 38 的名次考进我们班的，同时也是全班第一。

我当时没觉得她很牛，只是觉得三八这个名次真是和她配了一脸，一向尊崇“以和为贵”，说白了就是一个大写的“尸+从”的我，头一回对人产生敌意。

后来的四年，她做过的傻事儿数不胜数，你们大可脑补一个典型的自大狂，仗着自己成绩好，人前人后两副面孔，在老师面前溜须拍马打小报告，在同学面前颐指气使耍阴招。班里好多人都讨厌她，连她当初最好的朋友，在毕业后都觉得如释重负。

有的人哪怕她智商再高，但情商拖后腿，对身边的人而言就像是负担。

3

都说“知识改变命运”，我觉得还得加上一句“情商决定人生”。

人的一生并不是从出生起就一直走到黑的一条大路，而是旁生出无数的枝杈，每一次选择，每一个行为，都会影响到你之后的生活。而你的生活如何，与身边的人是密切相关的。

都说宁可多一个朋友，也不要多一个敌人，而朋友与敌人之间的界限在现实中往往就是一念之差。

我司的另一个姑娘，就叫她D好了。D长我一届，去年毕业的。晚上和带项目的姐姐夜谈，聊起我司这些同事。基本上都是某一本大学出来的，而且实习生的竞争残酷且激烈，每年招二十几个实习生，到3、4月份已经筛去一半不到，而最后能转正的也就一两个。

去年所里依旧来了许多一本的应届生，而且有几个还是985、211的研究生。但实习到最后，只有D一个人脱颖而出，被留在这里。D大学读的是专科，而且在专科里也排不上号。

虽说英雄不问出处，但D如何能干掉那么多学历优秀的竞争者，的确令我好奇。姐姐说，因为D“办事效率高”“悟性好”，重点是“特别有眼力见”，每次出项目，那些经理都愿意带着她。

4

很快姐姐的话就得到了证实。

之后几天，我跟项目去房地产公司，我们办公的地方在房地产大楼的顶层，需要下电梯后，再往上走一层。那天，我在路上堵车，迟到了10多分钟，心里十分忐忑，毕竟第二次出项目就迟到，可能会给人留下不守时的坏印象。

那天，她下楼来接我，见到我的第一句话就是“路上堵车了吧，没事儿，没事儿，我们也堵，跟你脚前脚后”，一句话就令我忐忑的心宽慰不少。

地产的楼层面积特别大，而且弯弯曲曲的回廊很多，刚来的人容易转得晕头转向，她知道我是第一次去，特意领着我先在楼下走一遍认路，告诉我看到什么图，往哪里转就能找到隐藏的楼梯。

期间态度一直不急不躁，语气像是春风拂面，不会因为我是实习生就瞧不起我，当我是个免费劳动力，那样呼来喝去。

后来她要去复印的时候，怕我不会用那家的复印机，打算教教我。但是当时还有许多人，她是这么和我说的。

“××，我要去楼下印凭证，东西有点多，你帮我一起拿一下呗？”

她手里一共就两小本，一只手拿都特别充裕，这么说就是给我找个台阶下，这人情我自然要领。

5

有了对比，不是为了简单地评出高下，来判断出孰优孰劣，而是“以人为镜，可以知得失”。觉得人家做得不好，自己也要竭力去避免。

我真的不觉得在人际交往中，需要特别有棱角，生怕大家不以自己为中心，吃了亏。相反，要想融入一个集体，稍微吃一点亏，会有人记得你的好。这个亏，其实就是退让的一个度。如果大家都想早上多睡一会儿懒觉，真没必要非得去吃那么一口肯德基。而多拎一些文件，也不会让自己掉二两肉。

多为别人考虑一些，并不会让别人觉得你是个容易被拿捏的包子，更不会为此损失重大。许多所谓的情商低，有时候只是一些人的托辞，他不是情商低，而是自私，只希望世界围着他转，一切都以他为中心，只要自己爽了，别人的感受他并不会去考虑。

而这样的人，作得多了，世界终将会抽身离他远去。

Chapter 6

不管多么难熬，人生都要眉开眼笑

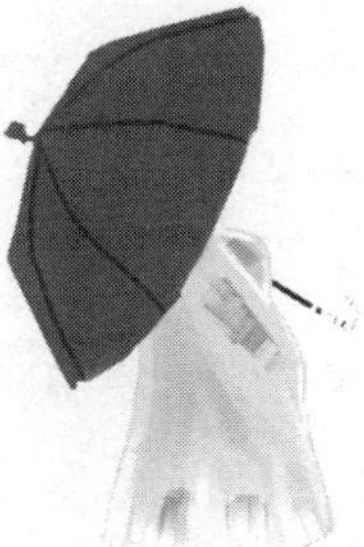

人生只有回不去的过去，

没有过不去的当下。

要知道，现在的付出，

都是一种沉淀。

负面情绪就像一片泥沼

石榴小姐失恋了，和男友相爱四年，两人在头脑中都过完了几辈子，却在“大学毕业是去大城市还是回老家”的问题上起了争执，两次三番地争吵，身心俱疲。男友提出两人先冷静一阵子，掉过头才第二周，他就找了新女朋友。

石榴小姐悲痛欲绝，觉得全世界都辜负了她，整日在寝室里昏头大睡，不去上自习也不投简历，连三餐都要室友替她从食堂打回来；也不沾荤腥，一日三餐合并两顿，顿顿喝粥。我们说她这是要成仙啊，再退一步说，她也是看破红尘了。

但石榴小姐明显六根未净，情丝未绝。她学着《情深深雨蒙蒙》里的依萍，每天在“我爱的人不是我的爱人，他心里每一寸都属于另一个人”的背景音里，撕心裂肺地坚持写着：“书桓离开的第八天，恨他！恨他！恨他！！和臭狐狸精不会幸福。”

有朋友看着心疼，过去安慰她，翻来覆去不过是声讨渣男，替石榴抱屈，说到最后入戏太深，两人抱头一通痛哭，哭完石榴非但没有好转，反倒更加消沉，觉着全世界都与她为敌，像唐僧一样，别人一要打醒她，她就重复絮叨“我就是受害者，你还不体谅我，什么朋友啊。他这么做实在太伤人，说好冷静一段时间，转头就找别人，肯定分手都是预谋好的，我们两个过去那么恩爱……嘤嘤嘤”，又是一阵哭。

就像是受了伤的小动物一样，你不去安慰她，她可能自己适应适应就好了，可你一旦安慰她，她就会觉得自己承受的所有苦难都是老天对她的辜负，是渣男的错误，周而复始，就形成了“受害者”心理，这时的安慰不叫“雪中送炭”，叫“雪上加霜”，不是帮她，而是害了她。

朋友里最爱看闲书的就是我，石榴让我给她推荐几本狂虐的小说，最好和她境遇相同，翻开一页就哭得不能自理的那种最好。

我轻飘飘地应下，然后从自己储藏丰富的小说库里，翻了几本爆笑到失禁、完全合不拢嘴的，顺便推荐了几部跟爱情连屁都不沾的励志电影给她。

石榴刚开始很抵触，还质疑我中文水平太差，分不清“爆哭”和“爆笑”的区别，我说你先看吧，笑中带泪，这家伙被我忽悠着去看了。

三天过去，中午打饭的时候，她室友看到我问：“桃子，你给她吃了什么药，竟然治好了她自诩林妹妹，没事儿哭一场的病。”

我老神在在地回应：“忘情水和绝情丹，你来一套吗？老顾客八折优惠。”

一周过去，石榴把小说全看完了，顺便被电影鸡汤一下。我在洗漱间发现她把自己收拾得倍儿利索，我手持牙刷、口吐白沫地问她：“我找到让你哭得不能自理的书了，还要吗？”

石榴摆摆手：“过去的事儿翻篇了，我还得抓紧做简历找工作呢！我现在想清楚了，一定要比他过得好，你给我发的那个链接不说了吗，‘姑娘自己过得漂亮才是真漂亮’”，潇洒离去。

我漱净泡沫，心想：“励志鸡汤狗，就鸡汤狗吧，总比寻死觅活强。”

在没有鸡肉吃的时候，鸡汤好歹还算道荤菜不是？

人就是这样，特别容易陷入自己画的负能量怪圈。就像是那些去算命的人一样，起初可能不信，但找的资料越多，听别人不知真假的“神迹”越多，不信都成了深信不疑。负能量也这样，你失恋整天听“求不得”的情歌，看“爱别离”的小说，恨不得把丁点儿的小事儿放大无数倍，反复强调自己的痛苦，只能加重苦难。觉得自己跟受尽坏姐姐欺负的“灰姑娘”一样，那就真的输了。

换个角度看看世界，人生就像一盘赌局，每个人都希望买大开大，买小开小。但更多数的现实偏喜欢事与愿违，买大时开小，买小时开大。赢钱时见好就收，输个底儿朝天时也别怪罪谁，不就是图一乐呵吗？

负面情绪就像一片泥沼，如果你踏进去了，越挣扎陷得越深。可如果你一开始就绕过去了，它就算面积再大，威力再强，也只能待在那里，眼巴巴地干看着你。

伤心的人别听慢歌，不然会心如刀割。

二十几岁，你要活得不一样

1

去年夏天，我在朋友圈里问，七八月份去哪里玩最合适。朋友圈里的答案五彩纷呈，有的让我去四川盆地，感受一下中国火炉（guo）的魅力。

也有人一竿子把我支回老家，让我去长白山找张起灵。更有甚者替我规划好了一整条环球旅行路线，什么大溪地、挪威、瑞典的，真的万事俱备，就差钱了。

一众答案里，挑挑拣拣就几条是靠谱的。青海的学妹说七八月正适合去青海玩耍，那时门源的油菜花海开得正旺盛，青海湖畔绿草青青，可以租辆自行车围着湖畔骑行，一路有蓝天白云和牦牛作陪，喜不自已，美不胜收。或者去西藏和北疆，这些听起来就很酷的地方，只是简单地勾勒出几幅画面，我就已经身未动，心已远。

但心没飘出两米，就啪叽一下摔碎在地。那些地方美则美矣，但离我住的地方实在是太！远！了！火车动辄28小时，还没有卧铺票，飞机飞过去，我到那里就可以沿街乞讨吃土了。更不必说青海湖之类的景点，旅行攻略上大多推荐自驾，说是当地租车很不方便。而我虽然是个心灵上的老司机，但一直无证驾驶，为了自己同他人的生命安全，只能作罢。

一连串的问题摆在眼前，心中敲起了沮丧的退堂鼓。To be or not to be，百年前纠结过哈姆雷特的问题，如今又摆到我眼前。

这时，骆然的名字就成了我黑暗中的一线光明，她同我于青旅相识，是个常年背包出行的江湖儿女，见过她才明白“说走就走的旅行”不算一句空话。我在南京时和她头顶头睡了三天，也听她讲了三天的旅行奇遇记，她来南京的前一站是广西，在这之前已经出来玩了一个多月。我们分别后她又去了上海，后来看她的朋友圈，貌似又跑去了张家界。

这种姑娘有钱有闲，旅行经验丰富，更重要的是我俩性格还挺合得来，找她做旅伴再好不过了。微信上私敲骆然，没料想这家伙跑尼泊尔去了，走的是国际志愿者路线。她英语太不好，支教又有英语要求，便申请了个喂大象的活儿。她发来一堆和大象的合影，同我说：“你不出来自己试试，真不知道能不能行。”

之前在南京的时候，骆然就和我提过一嘴办护照的事儿，中国被她基本玩完一圈了，前些日子看旅行博客，又种了法国的草。我和她说，我还想去泰国呢，经济实惠还离得近，蓝天碧水和海边 BBQ，想想都美得冒泡。

骆然说："那你就去啊！"

我摇摇头，说："不成，英语太烂。考完四六级就直接倒退回小学二年级水平。会的口语就三句，hello、ok、good bye，再多一句脑子都得当机。"

骆然听完泪眼汪汪，深情地攥紧我的双手："亲人啊！我想去法国，但语言不通，下了飞机连站牌都看不懂，虽然人贩子拐卖我得自掏腰包，但也不能给祖国丢脸啊！"

2

结果，这个连站牌都看不懂的姑娘跑尼泊尔去了。骆然她说，在尼泊尔待的半个月，每天举着本《日常口语 100 句》和大象交流，感觉口语水平显著提升，从大象对她爱理不理到一招呼就来，就能印证。

在听完我的顾虑后，骆然又说："担心是难免的，但等你走出门后会发现许多顾虑都是多余的。"

这话在理，就像是我之前出门旅行，永远是和家人在一起。但实习结束后，我自己跑去江南玩了一圈，前一周还不敢睡青旅，订的全是单人间，到南京的时候，没有房间了，只好去睡床位，却意外结识了一群特有意思的小伙伴，其中就包括骆然。

独自旅行前，我考虑到的是孤独，是无助，是没人分摊住宿费用，是不能敞开肚皮尽享美食。但旅行中，我收获的却是自由，是来自陌生人的温暖，是饿了吃累了睡，行程上的无拘无束。

很多时候，我们只是被想象中的猛兽吓住，勇敢地迈出那一步，才明白，最大的敌人其实是“不敢尝试”。而当你真的去尝试时，努力够了，会发现全世界都在帮你。

骆然说：“你都不知道我有多幸运，喂大象的时候，和我同期的有个法国小帅哥，他原本只想申请支教项目来着，因为支教的学校都在加德满都、博卡拉这种景点比较密集的地方，玩起来也够方便。

“但他报名晚了，就被分到奇旺国家公园这里，我和他说想去法国玩，但语言不通。他竟然说可以让我跟着他一起返程，然后带我玩几天。”

说完发来小帅哥和大象的合影，我简直可以脑补到一些时日后，大笑着和埃菲尔铁塔合影的骆然。

你不走出去，不去尝试，被那些莫须有的洪水猛兽吓退在家里，就永远不会遇见这个世界的变幻多姿和妙不可言。

3

我偶尔在空间的相册里发一些出门旅行的照片，总是有人在下面感叹：好羡慕你，一放假就到处去玩。我说，其实你也可以啊。对方却急忙表示，我不可以的，我没有钱也没有时间。

其实，大家都是学生党，时间与金钱的宽裕程度都是差不多的。我想要去哪里玩，也会自己做兼职赚路费，其实从来没有“不可以”“我不能”一说，归根结底是“你不想”。

总有人感慨青春的好处，可青春最大的好处是什么呢？是一张张满是玻尿酸的脸？是有机会在大学里读书听课，而不用为了生计在社会上奔波？还是想做什么就可以去做，争取不给自己留下遗憾？

我个人觉得青春最大的好处，其实是无所畏惧。都说初生牛犊不怕虎，趁着你还年轻有活力，有试错后还能风风火火从头再来的勇气，这就是青春最值得骄傲的资本。

一切无足畏惧，只是怕你犹豫不前，不敢去大胆尝试。没钱、没时间不要紧，你有青春做伴，照样活得潇潇洒洒。

不怕千万人阻挡，只怕你自己投降

初中时，我总换同桌。因为和谁都能聊得到一块去，所以前后左右，经常以我为圆心，以一个过道加一个桌面为直径，辐射范围内，基本没人好好听课。不是明着唠嗑，就是暗地里传纸条。偏偏那时我成绩还不错，老师气得头痛，把我叫出去批评好多次，连家长都找过，但是放虎归山没两天，林子就又会闹腾起来。

后来，有的老师干脆上课时，就站在我面前讲。我被人盯着自然是不好意思开口说话，便消停一节课，但毕竟不是所有的课程都像历史、政治那样，不需要用黑板。所以，一上物理、化学之类的，老师在上头讲，我们就在底下开小会。其实也没什么好说的，大概就是因为人在中二，总要做些与众不同的来凸显自己。就连把老师搞得头痛不迭，都好似能证明自己有实力。

这种情况持续了半个多学期，直到“大棍”来了。“大棍”

姓鲁，名字大概取自“宁静致远”，叫鲁静远，不过因为他又瘦又高，站在队伍里头像是戳了根棍子，所以班里男生都叫他“大棍”，刚开始只是小范围叫，没多久大家觉得还是外号更适合他，于是全班都叫开了。

“大棍”之所以叫“棍”，不光因为他长得高，还身板溜直，更重要的一点就是，他像根木棍一样，硬邦邦的不爱说话，也不怎么讲人情世故，总是自己一个人，自带孤僻。

老师安排他坐到我身边，有意灭我威风，我偏不信邪，天天缠着“大棍”说话。我说：“大棍大棍，咱俩聊天啊！我昨天看你打篮球，投得真准哎……你给我解释一下篮板和三分球都什么意思呗？”

“大棍”：“网上有，自己查。”

我不气馁：“大棍大棍，刚才老师讲的那道数学题我没听懂，你能给我讲一遍吗？”

“大棍”：“老师站讲台上呢，自己去问。”

我翻了个九道轮回的大白眼，从没踢过这么硬的铁板，干脆放弃和他沟通，在一旁画着圈圈郁闷起来。

既然不说话，我就观察他。人都说“知己知彼，百战不殆”，初一时，“大棍”的期末成绩是班级第三，倒数的。一米八五的汉子拿到成绩单，据说跑去水房抹了半天眼泪，寒假回来后，就变了个人。以前整天和男生们胡玩傻闹，下课打篮球，上课就擦球，传小纸条比我还厉害。可自打那次考了倒数第三，小男子汉的自尊心严重受挫，自此发愤图强，谢绝一切外在诱惑，用那帮浑小子的话来讲，就是不合群了。

男生呼啦一帮勾肩搭背地去打篮球，“大棍”在教室里抄语文课文。

男生称兄道弟地和隔壁班打群架，“大棍”在教室里算牛顿第一定律。

久而久之，那些男生，自然会排挤他，处处拿话掂量他。老师看不过去，这才把“大棍”调座到我身边。原来“大棍”的到来，不光是为了给我一个下马威，更是对他的解救。

在我的观察里，我发现“大棍”绝对不算是聪明的，但他绝对是最勤奋的。一整年的高强度理科补习，已经令他瘸掉的一条腿变得结实有力，但文科方面，尤其是历史，那些鸡零狗碎的事件——元代最大的港口是哪里呀？什么时候签订《南京条约》？令“大棍”时常眉头蹙起。

我仗着平时爱看课外书和考试前耍些小聪明，文科还不错。“大棍”终于在某天主动同我说话，怕我因为之前的事情和他置气，还傻乎乎地去买了瓶雪碧给我。他说：“同桌，我总是背不下来那些历史题，就算答出来了，也总是缺这少那，拿不到满分。我看你历史挺好的，你能教教我方法吗？”

我哪有什么方法，信口胡诌：“因为你没养成文科意识，多读几遍历史书，慢慢培养语感就好了。”

结果这根棍子真信了，每天午睡时间，别人睡觉他出门读历史书，读了一周感觉药效不够强劲，改成抄历史书。从宋体五号的正文，到下头米粒大的注释，一字不落地全抄下来。边抄边背，一遍不够再来一遍。

看得我瞠目结舌，心想这哪是个棍子，分明就是棒槌嘛，哪有真抄书的道理。不过在他的影响下，我上课唠嗑的次数少了，听讲的时候多了，有时我一走神，他就拿笔碰碰我，我朝他那边看，发现这人正襟危坐、目不斜视，好像一根戳在凳子上的棍，倒有种反差萌。

学期末结束，成绩单下来，好家伙，我竟然被他压过两个名次，而他最薄弱的文科，在抄了半学期课本后，竟然考了 80 多分，老师说有几个隐蔽考点，在课本的注释里头，班里就两三个人答对了，其中就有"大棍"一个。

因为是我同桌，老师夸他的时候，我在旁边跟着傻乐不迭，再看他，好家伙，抄完历史，开始抄政治了。那时，他头发剃得很短，从侧面看像个"不以物喜，不以己悲"的小和尚。我心想："这棍子可是修炼出道行了。"

上学时，大家是群居动物，怕形单影只，怕被人群孤立，哪怕自己不喜欢，也不得不试着迎合，总觉得这样是必然的，但如果你找到了自己心灵的方向，又何必像别人那样随波逐流？

学习时，总想找到一条捷径，靠耍小聪明偷懒。但万丈高楼没有一个结实的地基，稍大的风一吹，就会岌岌可危。我们总以为自己是聪明人，去嘲笑那些用笨拙的方法坚持走自己的路的傻瓜，却不料他们虽然绕了一段弯路，却最后反超自己。

其实，那些傻瓜才是最聪明的人，他们知道自己想要的，坚持不懈地朝着那里前进，哪怕有人阻挠、嘲笑、告诉你必然会失败，但他们早就屏蔽掉外在的一切，只相信自我的坚持。

“大棍”就是这样的人，坚持他所认定的。愿你我，也早日寻觅到自己的方向。

变成自己过去讨厌的模样，那不叫成长

大一时，我们学工部聚餐，当时围坐在长桌边有三十几个人，大家分作几个部门，有些熟悉，但大多数只称得上眼熟，连点头之交都算不上。那时我在部门里资历最浅，在陌生人面前还有些腼腆，不爱吱声，有学长特意写信开导我，叫我自信一些，多与别人交流。我默默地收下，但我知道自己并不是缺乏自信才这样。

每次聚餐，总需要那么一两个活跃气氛的人，当时肩挑重任的是个学长，他高大帅气，还是下一届校学生会的主席，在学校里也算是个风云人物。我以为他那么出名的人，是不可能认识我的。

可他过来敬酒时，竟然准确地叫出我的名字，让我受宠若惊！后来我默默观察，当时桌子上的三十几个人，除了一个不常值班的网管他叫名字时停顿一下，其他人都能准确无误地说出名字，而且跟谁都好似十分熟络，不令人尴尬。敬佩之情顿起，因为哪怕同我一个部门的人，也是在实习期过后，才慢慢认识的。

我很羡慕那些过目不忘的人，但后来我思考，他们不过是在与人交往时更加留心，当时多用心一点，兴许在日后相见时，才能令对方感到贴心与舒心。

过去常拿脸盲症给自己做借口，有时在校园里走，有人忽然从身后跑过来，亲亲热热地打招呼，我这边连忙应答，但眼中的迷茫也一定出卖了自己，因为我连什么时候见过人家都不记得。我知道自己不过是在回避，怕同人深交后受伤，所以连开始都懒得去创造。

事出有因。

同老友见面时，聊起过往，她觉得我同许多年前的性格变化太多。那时我颇为骄纵，大有恃宠而骄的架势，待人也浑身尖刺，喜欢的恨不得摘星捧月给人家，讨厌的就如秋风扫落叶毫不留情，性格十分极端。这样自然引来别人不满，几个人唱了“三人成虎”的反间计，造谣中伤，令我一度迷茫。

而如今则像是一杯温暾的白开水，握在手心里会温暖但不强烈，晾在那里热度也只会慢慢消退，不会骤降。这是我揣摩许久的状态，不维持感情，只去培养，是改变后的自我。

改变自我是一个很漫长的过程，拔掉身上的尖刺更是痛苦不堪，因为我觉得自己变得不再像我，失去了属于自己独一无二的特点，开始泯然众人。也是在这时感到孤独，身边的朋友仍有，但会患得患失，因为自己的“复制品”实在太多，因我本身就是一个“老好人”的复制品啊。

他们说：“成长就是变成自己过去最讨厌的样子。”我特别恐惧这句话，所以强行刹住改变的脚步，我为什么要改变？既然改掉自己身上的缺点就可以了，我为什么要把自己变成其他人？

经历了几年自以为是的成长，变得在人前言语谦虚谨慎，再无过去壮志凌云的气势，想来有些可悲。因为如今的我，也并没有因着改变而变得强大，反倒少了底蕴，多了迎合的肤浅。岁月磨灭的本不该是理想与性格，外在的棱角收作内韧，待有朝一日破土新生，才是真正应得的成长啊！

过去害怕失去朋友变得孤独，如今却主动去拥抱孤独。什么都喜欢随缘，缘起缘灭不再强求。我称这为成长，说白了不过是更加现实。

天真和幼稚是孩童的专属，成长才是进入社会的必要法则。即使发脾气是因为紧张和在乎，可不懂得的人只会看到你不够世故。我们都想成为永无岛中长不大的彼得潘，却大多成为麻木面孔的普通人。懂得自己的毕竟是少数，更多时间，为了避免受伤，只有“躲避”或“妥协”两个选项。

过去常觉得世界这么大，懂自己的人却那么少。偶尔能遇见那么一两个，就恨不得紧紧地握在手中，与对方的交往充满了占有欲与患得患失，换来的结果却总是以搞砸为收场。

现在却觉得，两个人再亲近，彼此也是独立的个体，关系再好，你还是你，他还是他，怎么也是无法融为一体的，除非你把对方剁巴剁巴煮了吃掉。

想清楚这一点，对于治愈依赖感效果奇佳，当你愿意走出之前的画地为牢，会发现世界原来这么大，其实可交者、可游者不要太多。之前封闭，好似在戈壁滩上好不容易找到一棵树，恨不得吊死在上头一辈子。走出封闭，则像是看到森林。

并不是所有人都能像一体机一样，与你的全部兴趣爱好都相同，但正因为他们是不同的个体，在交谈某一个话题时，更能碰撞出独特的火花。

敞开心扉，也是接纳自己。不必对所有人都敞开心扉，因为那是孤独的表现，你只需要发现人群中每个人的闪光点，一个人的火苗可以点亮一个人的黑暗，两个人的交会，会使璀璨的更加璀璨。

遇见对的人，吸引力法则，会使靠近更加亲近。所以，不要畏惧孤独，也不要怕这世上懂得你的人太少，学着从自己的世界出发，去看看外面的世界。像是孤独星球上的小王子，带着他的善良和勇敢，毅然出发。

变成自己过去讨厌的模样，那不叫成长。找到最适合自己的定位，厚积薄发蜕变成更好的自我，那才叫成长。

不必畏惧其他，总会遇到属于你的精彩。

Chapter 7

比逼婚更可怕的其实是不理解

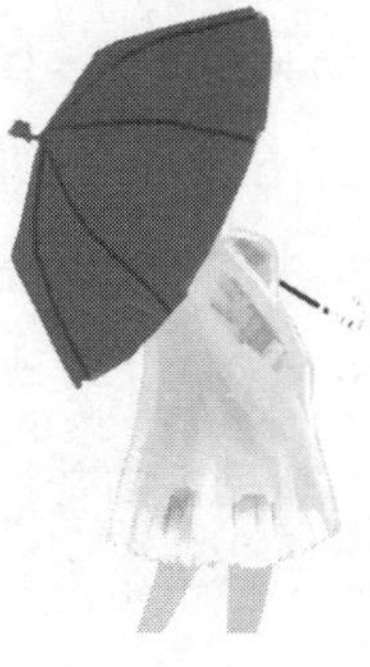

一个人努力可以活出自己的精彩，

两个人堕落照样可能过得失败。

而我现在不结婚，

也可以过得很好。

比逼婚更可怕的其实是不理解

1

又到春节，一年一度的“七大姑八大姨逼婚大会”拉开帷幕。诸多大龄单身男女，平时加班累成狗，逢年过节虐成狗，唯有回家那几天重新变回人，却还要被逼问：“眼见着都奔三了吧，什么时候领个男朋友／女朋友回来啊？”

朋友圈里不少人疯狂转起“反逼婚攻略”，撂起狠话一个比一个牛掰，一到实践却都成了尿蛋。我看过最狠的一条是：再有人问你什么时候结婚，你就说“我男朋友还没有离婚”。这样子，大家都会纷纷劝你分手，再不敢提结婚这件事儿。

说到逼婚，我朋友关小姐最有发言权。她老家在一个三线小城市。小城市相比于一线大城市要安逸许多。在大城市里，姑娘二十七八岁不出嫁很正常，因为那里多的是为了事业打拼奋斗的年轻人。可小城市就不一样了，这里没有那么大的事业压力，许多人都是找上一份工作，然后把全部的生活重心都转移到家庭生活上。在小城市，同样是二十七八岁，不结婚就算是被剩下了。

就拿关小姐为例，她今年 27 岁，当年上学时的同学，除了几个奔赴北京、上海工作的，剩下回老家的差不多都已经结婚了，节奏再快一点的，孩子都快上幼儿园了。

如果你周围的人都不结婚，那不结婚就是正常的，就不会有人来催你。可如果你身边的人都结婚了，那结婚才是正经事，你不结婚，你就是不正常的。

“不正常”的关小姐，回家的压力随着年龄与日俱增。刚毕业的第一年，还能说自己工作尚不稳定，一切要以工作为重，经济基础决定上层建筑。毕业的第二年，也勉强能找到糊弄过去的理由。

第三年开始，各种难听的话都涌上来了：

“哎呀，你在外面混了这么多年，怎么连个男朋友都没找到？你不是工作能力挺强的嘛，我看是忙傻了，连恋爱都不会谈。”

“还有啊，你都 27 岁了，就你这个年纪可别挑挑拣拣的了，别人不挑你都不错了……前几天我们单位那个 28 岁的小会计，人家给她介绍丧偶的她都干了，还不是因为岁数大不好找……”

关小姐起初还解释一下，找些“聊不来”“还没合适的”

对付过去。自己被叨咕了许多年，早已经练就了一副死猪不怕开水烫的油盐不进。倒是她爸妈，眼见着一年比一年衰老，上次回家爸爸的背还笔直地挺着，这回再见到明显地变佝偻了。再说不逼婚，也是掩饰不住的担忧，老人在听到别人家孩子结婚的时候，望向你的眼神，也够消化一阵了。

关小姐老早就给她爸妈打过预防针，如果她 27 岁还没谈恋爱，千万不要逼她，结婚一时爽，如果将就着找了个不对付的，可是遭殃一辈子。她爸妈当时一口答应，毕竟那时候关小姐不过二十出头，如花似玉的大姑娘，坐个飞机都能被邻座的小伙子红着脸要电话号码，她爸妈自然是不会想到自家闺女真的会到那个年纪还单着。

2

在外地工作时，她妈整天对关小姐旁敲侧击，“你们单位就没有瞧上眼的小伙子？”关小姐无奈，“就我们那里跟女儿国似的，本来男的就少，今年最后一个王老五也结婚了……”

“那你上次不还说有人给你介绍相亲？”

“我去看了啊，根本聊不到一块儿去。我俩中午去吃个饭，要了份猪肉炖酸菜，他夹起块猪肉，跟我说‘你看！这里是猪的淋巴’，还逼着我点头，一句话搞得我一天都吃不下去饭。”

她妈深以为意：“对对对，这样的不能找，聊得来很重要，不过你也不能松懈。”

可想找个称心如意的对象，首先就是要扩大生活圈子，但这需要花费时间和钱。

关小姐虽说是这些年攒着小有积蓄，但想在这座城市买个房子，哪怕只有 40 平方米，也只是杯水车薪。而时间就更别提了，关小姐工作辛苦，周末加班简直是家常便饭，偶尔项目忙起来，干到凌晨都算早的。她这行业还男女比例失调，单位里从 1985 年到 1995 年没男朋友的姑娘，比比皆是，她从来不是个例。

她这话也和她妈旁敲侧击地渗透过，她妈也表示“组织理解，你注意身体，安心工作”，可一回到家，就不是这个口径了。关小姐早上赖个床，她妈都气得牙痒痒地说她：“你瞧瞧你这副懒散的样子，我说你怎么找不到男朋友，就你这德行，我要是个男的都得绕着你跑！”

气得关小姐咣当一声关住门，和她妈冷战。

怎么好像到了一定年龄还没嫁出去，就成社会公敌了，好像所有的事儿最后都能成为她找不到男朋友的根本原因。

3

关小姐不怕被逼婚，他们催他们的，不往心里去就行了。她最怕的是家人的不理解。她极其反感把自己的全部价值都与有没有男朋友绑在一起。

她并不是为了嫁给一个人，才来到这个世上的。为什么自己有那么多的闪光点，偏偏却要被人拿单身做注脚，解读了一年又一年呢？

除夕一过又要走亲戚了，关小姐心里犯怵，又是单身一年，感情生活毫无收获。前几天还收到高中同桌的请柬，一年年随出去的份子钱，跟滚雪球似的，越滚越大，婚都结了，满月宴还会远吗？眼见着份子钱都成了死账，关小姐看着是面上不形于色，心里其实早已乱作一团。

比逼婚更可怕的是什么？是家人的不理解，强行把你和八竿子挨不上的人配对；是苦口婆心地说着为你好，却一次又一次对你的精神造成伤害；是剥去你无所不能的铠甲，让你感到无力又无处发力。

逼婚就像咳嗽，吃些药挺过去就好了，但那些后遗症就像咽炎，定时定晌地发作，令你痛苦不堪。

她打算今年先给她妈写封信回去，不想面对的，最后也还得面对。

妈：

为了防止今年又被逼婚，我提前快递这封信给你打个预防针。今年我拿了5万块的年终奖，但我还是没找到一个男朋友。

妈，今年别逼我结婚了。我知道你们是觉着自己老了，而我也没有兄弟姐妹，你们怕我一个人孤单，所以想找个人替你们好好照顾我。

我也知道，你觉得我独自在外打拼不容易，想有个人，在每个归家的夜晚替我留一盏灯。知道你们催的不是婚，是那个疼我爱我的人，是怕我自己不上心，整天光顾着工作，耽误了最好的青春。

这些我都懂，真的！其实，我比任何人都迫不及待地想要那个人到来，如果能够两个人温暖陪伴，谁愿意独自一人面对孤单？但是妈妈，感情不像是快递，若迟迟不来还能打个电话催催，感情的事除了自己争取，剩下的就只能等了。你们在等，而我也在等。

我并不觉得自己是个“剩女”，相反从小到大，我什么都想做到最好。上学时，每次考试我都是班级第一。上班后，我的工作业绩也数一数二。可惜世事不能两全，工作上进步，感情就要拖后腿。但我依然觉得自己是个“胜女”，我努力工作，争取精神和经济独立，健身锻炼保持身材，为的是有一天喜欢上一个优秀的人，足以与他匹配，而不是退而求其次地选择将就。

你们见我独自一人，只看到了孤独。可我却享受一个人的自由，我从没有松懈过对美好生活的追求，过去是，现在是，将来也不会改变。无论有没有男朋友，我都会努力，活得精致出彩。

所以，妈，今年不要再催着我结婚了，也不要总说“怪不得你嫁不出去，就因为……”之类的话，还有我很喜欢这份工作，它让我收获成就感，也别因为我找不到男朋友，就把责任推到工作上头，逼着我转行。恋爱不是单靠感情就能维持的，我不想依附于任何人，而经济独立和好的工作就是我与人恋爱的底气。

希望你能够多给我一些理解。家永远是我最强大的后盾，我不怕别人随便怎么说，但我真怕你和爸爸不理解我，我保证会抓紧找对象，而在这之前，就让我多在你们身边撒撒娇吧！

爱你们的女儿

该不该教会老爸网购

1

有些日子，我妈想让我爸帮她选裙子，顺手就教会了他用淘宝，但鉴于我妈自己都不会付款（我猜测她压根就没打算学），所以我爸也只学到“提交订单、等待付款”这一步。自此，我爸打开了新世界的大门，给生活增添了无限便利。以前，他吃完饭都是倒沙发上看电视，现在则是边看电视边刷淘宝。久而久之，我听到了自己钱包的哀号。

年前，我在外头跟项目，晚上快 8 点了还没到家。我爸给我打电话，我寻思着是惦记我在外头啊，一阵舒心的暖流。接起来甜甜地叫了声“爸”，我爸说：“哎，我往购物车里放了两顶帽子，你给我付钱。还有你看看颜色别选错啊。”说完就挂了。

我在电话这头，我爸在电话那头，忧愁。

我正郁闷着我爸竟然不问我何时到家，不到5分钟，他又打来个电话，我想他一定是为刚才自己匆忙挂断电话忏悔，想要关心我一下，接起来。我爸："哦，又放了一顶，付钱啊，没别的事儿了。"啪叽又挂了。

爸，我真的是亲生的，不是夏天在门口第9个垃圾箱里捡来的吗？

从那天以后，我爸明显和我的话少了，和淘宝卖家的话多了。不是在添加购物车，就是在添加购物车的路上，而和我终于在养了我20来年后角色互换，变成了"女儿，这个你给我买一下，那个你给我买一下，要不就全包了吧"。

还全包，你咋不要自行车呢？虽然腹诽，但还是乖乖下单，你是爹，你说了算。

2

我爸网购的火力集中在帽子上，曾三天让我下单5顶，其中还有一顶颜色青翠欲滴，吓得我以为他受了什么刺激。打电话问过去，才知道他还不会选颜色。

我爸对帽子的狂热事出有因。

当我爸还是个小伙子的时候，且不说帅不帅，光是那一头乌黑浓密的头发就能保证他颜值不输阵，偏偏我爸还特别臭美，年轻时有点钱不够他捯饬自己买衣裳的。我家的老照片里，他光皮夹克和呢子大衣就有好多件。现在老了，他也会经常去逛街买衣服，人家男朋友都不爱陪着逛街，我爸对逛街却从来没有怨言，因为他自己也爱逛啊！

我爸很自恋，年轻的时候总说自己是“松江美男”（因为我家门口有条江叫松花江），大意是江边长得最帅的。现在虽是老了，他依然自我感觉良好，出门前总要对着镜子一通自恋。就算在别人眼里，他老人家早都成了一颗蒜头，但住在我爸心底那个二十出头的小青年还是一朵不胜娇羞的水仙。

奈何水仙也会遭遇到大多数中国男人不得不面对的中年危机。

嗯，没错，我说的是谢顶。

我爸是从我初中那阵开始掉头发的，那时候，我妈每天早上骂完我就骂我爸，骂我头发长得像野草，一觉醒来可哪儿掉；骂我爸头发碎得像狗毛，被子、枕头沾不少。

我掉头发是新陈代谢正常现象，但他掉头发大有壮士一去兮不复还的惨烈。

起初是发际线后移，他前头刘海略长，到后期竟掉出三毛的经典造型。接着又成了地方支援中央，那段时间家里发胶用得特别费，每天早上起来，就看见我爸往头上啪啪一通喷，然后五指为梳，把两边的头发往中间推。幸好左右友邻丰裕，掩护中段荒地不至于暴露。

有阵看《乡村爱情》,对里头的谢广坤莫名熟悉,仔细一想,哎哟喂,我爸和他是发型同款啊!

后来,我眼见着他头发是一年少过一年,全范围生长环境恶劣,局部寸草不生。吓得我妈病急投医乱用偏方,比如在不长头发的地方搓生姜。据我爸说,生姜所到之处,无不火烧火燎,且生姜存香持久,有时候觉得自己是一个直立行走的饺子,生怕被醋撵上。但我妈说,这叫刺激发根生长。也不知道是不是伪科学。

不过,我爸的头发倒的确是保存下那么几颗星火,大有春风吹又生的意思,只是再也没有比"昨天"浓密过,却也没掉成光头。

3

既然靠自身无法拯救我爸的头毛,那只能靠外在拯救了。

就像增高鞋垫之于小矮人,厚垫胸罩之于平胸妹子,双眼皮贴之于单眼皮一样,总有些人碍于自身或者外界的审美,对自己进行"缺啥补啥"改造,就像帽子之于我爸。

自打他开始秃顶,帽子就成了他的大救星。我家有超多同款不同色的帽子,大多是鸭舌帽,还有一部分礼帽。戴上帽子，我爸的自信心就又蹦跶回来了。戴上礼帽，他觉得自己和许文强只差一个上海滩；戴上鸭舌帽，又觉得自己特别有英伦范，高端大气上档次。

戴上帽子的他，没人知晓他是一个中年秃顶的男人。

可总有些东西是藏不住的，比如说爱咳嗽和啤酒肚，可有些东西只要自己用点心，就能巧妙地隐藏起来，比如说秃顶。

于是，我爸养成了一年四季戴帽子的习惯，走哪儿都要四处搜罗帽子。有一次，他透过橱窗相中一个模特头上的鸭舌帽，死活拉着我进去要试试，人家店员态度特别好，十分恭敬地对扣上帽子欣赏镜中又帅了一点的我爸说："您好，先生，您试戴的是……女帽。"

啊？你说啥，我不认识他。

网购显然避免了他误戴女帽的尴尬，但也时有货不对版的情况发生。

他经常是满怀期待地拆开快递，再失望透顶地扔置一旁。我说："这种穿戴的东西还得自己亲自试过才可以。"

我爸则说："反正又不贵，买三顶也就一百出头。"言下之意，兴许瞎猫撞见死耗子，就买到称心如意的了。

但到如今，钱没少花，死耗子却一只都没碰上。我爸有些沮丧，觉得自己离许文强不止一个上海滩了。

4

小时候，每年父亲节以及各种节日，我最喜欢送我爸剃须刀。那时，他头发和胡须一样长得飞快，几天不刮就跟从神农架跑出来的野人一样。有的人留点胡子被人叫大叔，可以做男朋友的那种大叔，可我爸留胡子只能被叫大爷（四声），现在就是老大爷了（笑）。

但现在我喜欢送他帽子，眼见着他不长头发，胡子长得也没那么快了，有时靠近了瞅，这家伙竟然都生白胡子了，一想，“哦，我爸都五十了”。

时间过得真快，好似无所察觉，但他在苍老，我在长大。他头发越来越稀松，骨质越来越疏松，对我的看管越来越放松，而我正在抖落着羽毛，向着远点的地方飞，去看看外面的世界。有点像他那些头发，现在虽然在，早晚也是要走的。

我和我爸还算比较亲近的，我俩在一起话也很多，但总是觉得没什么好聊的。每天我下班，他都会问我同一个问题：“今天在班上做什么了呀？”我就懒得回答他，也有些不耐烦，觉得没什么好说的。而我想和他聊天的时候，又总会情不自禁地带上一些网络用语，像是我加了两天班，和他说自己“要狗带了”，他以为我表述的是“我像是一条狗一样，还给自己套个袋”。他就会很纠结，为什么加班就成套袋的狗了呢？

我也是最近才感觉到我们之间的代沟，但自从他学会了网购，我们之间讨论得就比较多了，毕竟“买买买”是女人的天性，有一个人和你一起释放天性，还是不错的。如果不是我付钱，那就更好了。

唯一指向别离的那种爱

1

去年某个周末，在家闲着没事儿，看电视剧《小别离》。

《小别离》里集中展示了三个阶层的家庭，在送孩子出国这同一件事上，有着三种不同的心境。我最喜欢的就是黄磊和海清这对儿，因为和我家的实际情况简直如出一辙，标准的慈父严母组合。戏里，海清饰演的母亲与女儿朵朵因为学习的事儿冲突不断，黄磊两面做老好人，帮着互怼的母女二人从中调和。我家也是这样，我和我妈基本上是五天一大吵，三天一小吵。小时候，我总是因为成绩的事儿挨揍，每次都是我爸在一边帮忙拦着，事后还要找我偷偷谈心，叫我不要怪罪妈妈，因为她也是关心则乱。

2

但我家的情况也比较特殊，我妈在我上小学的时候，因为没人接管便辞了职，全心全意地做起了家庭主妇，可以说她把自己全部的人生都投入到了我身上。

小时候，我上课外补习班，妈妈风雨无阻地骑着她那辆小摩托接送我。

高三时，我每天都会学到凌晨一两点，她也在旁边干瞪着眼不睡觉陪着，就怕我一个人觉得自己太辛苦。

我高考刚结束，她就生了一场大病，拖拖拉拉地病了一个多月才好，后来她说自己就好像在一夜间被拆掉了支撑自己的主心骨，仿佛打了多年的持久战，在我考完最后一科时，终于打完了。

小时候，我们家只是普通的工薪家庭，但我的零花钱总是要比别人多。她知道我不是大手大脚的孩子，便任由我自己把钱攒起来买一些小东西。但我时而辜负她的希冀，我也和剧中的朵朵一样，时常在学习的业余搞一些不务正业的事，写小说、混网上的那些音乐坛子、写作业时偷偷把MP5压在下头看电影……但我妈和我，就像是如来佛和孙猴子，我的一举一动自以为瞒得滴水不漏，实际上却被她尽收眼底。

每当那时，她总是大发雷霆。而在她更年轻的时候，多半是把怒气付诸暴力。有好多次，我们两个吵得太大，把左邻右舍都惊来拉架，我当时正处在叛逆期，觉得面子比天大，一扭头就跑出去离家出走。

那天晚上，我11点多回家，发现我妈妈不在，是邻居帮忙守在我家门口。听她说，我妈妈叫了辆车挨条街道挨个路口地找，还打电话给城市交通电台，让听众帮着找孩子。其实那天晚上我在我奶奶家楼下的一个车棚子里蹲着，天太冷，挨不住就回家了。但没想到竟然会给她造成那么严重的惊吓，那天我妈回来后，见到我扬起手还是要打，我以为身上会很痛，她却是一个耳光抽到了自己脸上。她眼睛哭得肿了起来，抱着我痛哭流涕。

从那天以后，她再也没动手打过我。

后来，我高中毕业，填写高考志愿。我想去上海，因为那里有关系很好的朋友在，但她想让我留在身边，最远也不要出省。尽管她表现得满不在乎，叫我跟随内心，想去哪里就去哪里，却在和邻居聊天的时候，不知哭了多少回，流去多少眼泪。她说我从小到大一直是她照顾大的，生活技能一窍不通，一下子跑到外地去，受欺负了怎么办，想家了怎么办，出事儿了身边连个照应的人都没有。

而这些我都没有考虑过，只想着远远地离开家，迫不及待地迎接自由自在的新生活。

还是很久以后才明白，当时她最想表达，却也最羞于表达的话，其实是她舍不得我。

后来，我还是留在了本地，在室友想家想得痛哭流涕时，我随手招个出租车没一会儿就能到家。甚至有时候，我妈在家做了我爱吃的菜，都会开车过来给我送一份。

没离开过家，但在别人的泪水里似乎也懂得了别离的滋味。对离别的感触不够深，却在成长的过程里，明白了母亲隐藏在千言万语之后默默无闻的爱。

3

相比于我妹，我是幸运的，她去年到新西兰留学，想家想到抓狂。许多时候，人都是身在福中不知福，离开父母离开家，才会明白活在庇佑之下的生活是多么轻松自在。

但父母与儿女面对离别的感受又是不同的。孩子只有在心情低落、受了委屈，或者感到孤独、吃不到可口的饭菜时才会想家，而父母思念孩子却是不分时间、地点、场合的。

剧中有一段，海清和朋友在做按摩，海清按着按着就哭了，因为想朵朵。在剧里，与朵朵矛盾最多的就是妈妈，但朵朵出国后，想孩子想哭最多的也是妈妈。

朵朵刚到国外时，海清和黄磊跟她视频。对着电脑，海清的眼泪止不住地往下掉，连珠炮似的问了一大堆问题："住得习惯吗，吃得习惯吗，入学手续有没有办好，室友人好吗……"

而孩子年纪太小，感受不到父母内心的纠结与挣扎，还笑嘻嘻地发牢骚：“你说得太快了，总得让我一个个回答啊。”

想念这种事，躲得过对酒当歌的夜，也躲不过四下无人的街。

我问在国外的朋友，你平时想家吗？朋友是个大大咧咧的男生，和我说：“刚出来的一两个月会想，但后来融入了这边的圈子，还交了女朋友，说实话，除了和家里要钱的时候，都不怎么想的。”

我又问他：“那你爸妈想你吗？”

他沉默了好久，和我说：“我第二次放暑假要开学了的那次，我爸去机场送我。我拎着行李归心似箭，想的是马上就能见到女朋友了，特开心，大步流星地往安检里头走。但我临进安检前，回头却看见我爸站在那儿一把一把地抹眼泪……你知道吧，就是那种平时不苟言笑，看着你硬邦邦的一张脸，忽然那么脆弱。我就知道他是真的想我，后悔让我自己出去。”

好像天下的父母都一样，在家时嫌弃你，离开时惦记你。

4

每次往家里打电话，响两声就能有人接听；逢年过节回家，厨房里也总是母亲忙碌的身影。生活平淡无奇，似水流波澜不惊，恍惚间总是让人生出地久天长的错觉，好像他们会永远陪在自己身边一样。

之前，在豆瓣上看过一段话，是博主的妈妈发给她的，妈妈说："父母和子女是一种相互拉扯的关系，有点像拔河。小的时候，你弱我强，所以你更多依附着我。现在，我年纪大了，关系变为我弱你强，开始要慢慢地低声下气，依附于你了。"她收到短信时第一反应是震惊，又有点心头大快，随即又觉得可悲，因为好像从来就不存在"平等"这个词。

但我们也在尝试着和解，哪怕是拔河，也有平局的一刻。

妈妈现在对我说话，温言细语时多，大吼大叫时少。我有时在外地出差，她也会发微信说，想我了。我在杂志上发表文章，她总是第一时间跑去报亭那里买，然后拍下来发到家族群里说，看我家宝贝儿女儿的大作。

我开始变得深沉起来，不再咋咋呼呼。可她却开始变得像个孩子，总是为我一点小的进步就欢喜得不得了。

小时候，我总是不理解她，怨恨她不懂得耐心沟通，一言不合就打人。长大后才会明白每一次巴掌起落的背后，其实是恨铁不成钢的心。她想要让我好好学习，其中谋求回报的私心几乎没有，更多的就像是龙应台对儿子安德烈所说的："我希望你的未来，能够多一些选择。"

只是当我懂得这些的时候，她已经老了。我们能相处的时间，也不再有小时候那般多了。

世间所有的爱，都指向团聚，唯有父母的爱指向别离。

有一次，我忘记为了什么，我和我妈吵架，青春期的叛逆撞上更年期的暴躁，好像车祸现场，我俩总是以冷战结束。还有一次，吵完，我妈同我说："我是第一次做母亲，你也是第一次做孩子。我们两个都是新手上路，需要磨合。所以遇到矛盾时，我总是忍不住发脾气，你也一样分毫不让，但是咱俩都忘了新手上路的后一句是，多多关照。"

我们总是站在自己的立场思考问题，不懂得换位思考。我妈总说："没有一个父母是肯给孩子亏吃的，所有的一切都是为了你好。"随着自己的成长，似乎也逐渐明白了父母那些口是心非的背后，其实都是没有选对方式表达的良苦用心。

但我们不管争吵多少次，最后依然会和解。我也知道未来我们可能依然会这样，有事儿没事儿地吵下去，但不管怎样，我知道我是爱她的，而她更是爱我胜过她的生命。

这就是亲情，融于血脉之间，像一根绳索将我们紧紧地绑定在一起，不管指向别离多久，终会在某一时某一处，团圆。

别等到失去，才悔不当初

自从我在网上公布了微信号，每天都会有读者来同我分享他们的喜悦或是哀愁，只要没什么事儿着急做，我都会耐下心来去读一读他们的留言，再谨慎认真地去回复，生怕我的一句话给他们带来什么误解，令问题更加糟糕。

某天晚上，我和一个读者聊得正欢，手机接进来一通电话，是我爸爸打来的。他同我聊了一些日常，问我假期的安排与打算，接着同往常一样聊了些趣事。但我同他打电话的时候，始终心不在焉，我这里同他说着话，心却早飞到天边，惦记着那边聊得正嗨的读者，一下子不说话了，对方会不会生气？越想越急躁，同时觉得爸爸说的话没什么意思，我不耐烦地对他说："好啦好啦，你说的那些我都知道了，我这边还在和人说话，没什么事儿就挂了吧。"

等我挂断电话，赶紧打开微信界面，发现那边在我不说话后，也没有回复。心里有些怅然若失，又想起刚才那通匆匆挂断的电话，心里愧疚又难过。

自从开通了社交网络，我就深陷其中，不能自拔。作为大龄网瘾少女，我每天最长时间保持的姿势就是低头。

前段时间，我腰酸背痛去按摩做火疗，技师每次按到颈椎和肩膀的穴位，我都痛得鬼哭狼嚎。她将毛巾叠成三层，在上面喷上酒精，然后一把火点起来。如果是体内受寒，肩膀上应该出汗，但我什么也没有。喊哑了嗓子，我问技师："你说我整天肩膀胳膊痛是怎么回事？"

技师傲娇地哼了一声，头撇到一边："少玩点手机，什么都好了。"

就连做火疗的工夫，我都挑出网络电台放小说听，简直没救了。

我想起回家时，爸妈最常和我说的一句话就是："把你的手机先扔一边……"我当然不肯扔，无论去哪里，手机都一定要随身携带，好像护身符一样，丢掉就会没命似的。

上了大学之后，回家的次数越来越少，有时课多，十天半个月都回不了一趟，在学校想得好好的，回家要多和爸妈说些话，不再盯着手机不放了。但回到家，总会被手机上各种各样新鲜有趣的事情吸引，总觉得有趣稍纵即逝，而同父母、亲戚都认识这么多年了，还有什么不知道的呀，所以也不用多说什么话。

真是奇怪，我宁肯花费十足的耐心去开导网络上素不相识的陌生人，替别人的喜怒哀乐操碎了心，却在现实中变得越来越麻木，好像越来越不容易被事情感动。过去有什么事儿都会先同父母说，高兴的、不高兴的。现在却是遇见什么事儿先发朋友圈，值得庆祝的、鸡毛蒜皮的。

好不容易教会老妈使用微信，她每天在朋友圈里刷屏养生百科和心灵鸡汤，不时给我点个赞。有了微信，我们两个打电话的次数却是锐减了，偶尔在对话框里说两句话，言简意赅，一个字都不肯多用，能发表情的绝不写字。

而我以前每天晚上都会和老爸通电话，现在经常和朋友聊得兴起，想起给他打电话时都后半夜了。

每晚会和好友道一句“晚安”，却忘了上一次和父母说“晚安”是什么时候。

上审计课时，那个谢顶的男老师的儿子和我们年龄差不多大，他也有说起自己的儿子，每天事无巨细地发朋友圈，却在父母问及生活时，什么都不愿多说，只回一句：“啊呀，我朋友圈里都说啦，你们就不能去看看吗？”

老师说：“我的确能看他的朋友圈，但是我就想亲口问问他过得好不好。”随后，她感叹，“以前通信工具不那么发达，孩子还愿意跑电话亭给父母打个电话，怎么现在什么条件都好了，你们却只愿意和对象聊，和朋友聊，或者干脆谁都不聊，一遍遍刷着微博傻笑，都不愿意和父母说说话呢？”

台下一片鸦雀无声，有的人在听他说话，但更多的人还是在不知疲倦地一遍遍下拉朋友圈，生怕错过什么别人家的新鲜事。

“有时间多主动给父母打打电话，他们都不敢随便给你们打，一会儿考试，一会儿上课的。打电话的时间不对，你们还会耍脾气。”

我想了想自己，还真是这么回事儿，在上晚自习被爸爸的电话打断几次，我同他大发一通脾气后，他就很少会主动打电话给我了，就算有事也会小心翼翼地发条信息，问我方不方便。

其实，我哪有那么多事情要忙，每天闲得要死，靠胡思乱想打发时间。但是在他们眼里，我比日理万机的皇帝都忙，有处理不完的事情，而且脾气也随着年龄增长与日俱增，他们一句责备的话还没落下，我这边已经火冒三丈，觉得受了老大委屈了。

他们对日新月异的生活有越来越多的疑问，许多新鲜词语他们都搞不懂，而他们的老一套也知道我不爱听，父母与儿女之间就算关系再好，也会有隐约的一道代沟存在。这阻碍其间的，或许并不能把全部的责任都推诿到微信、朋友圈、微博上面。

好像一切都没变，但已经在我们微不可察的时光里，轻巧地改变，却化作一声沉重的叹息。

前几天，家里的老人去世了，我坐飞机大老远地赶过去，看到静静躺在那里的她，无论怎样大喊怎样哭泣，都再也换不来一声应答，我这才真切地意识到什么叫失去。

当你终于能体会到生命能起独一无二作用的那个人、那件事不在了，你叫的那个称呼，再也没人应答了，这就是失去。相聚总有时，而离别却无期。

我们总是忽视掉生活中那些习以为常的温暖，却又时常为来自陌生人的好意热泪盈眶。我们歌颂友情，拥簇爱情，唯独遗漏掉最珍贵也是最不求回报的，来自父母的亲情。

有时候，我们精神高度集中、不舍昼夜抢到的那几个红包，也没办法帮你发家致富。连抢到几毛钱，都会说一句“谢谢老板”，而父母给钱时，却总是缺了那句“谢谢爸妈”。

时常打个电话，没事儿回家看看。别等着失去了，才发现当初留下过那么多的遗憾。等那时，哪怕你喊破喉咙，也不会有人痛痛快快地给句应答了。

拼得用力，才能赚足底气

1

我一个同学小周，年级里出了名的学霸，去年考研这么难，她跨校跨地区跨学科，还考进了首都某著名高校的金融学院，我们都觉得她牛掰炸了。但昨天我遇见她，问她什么时候报到时，小周一脸愁容，和我说有可能不上了。见我一脸惊讶，小周赶紧同我说明原因。

事情是这样的，小周过年的时候家里给她安排了场相亲，对方是个家境殷实的小开，家里住着带小花园的别墅，车库里停的也是一水的好车。按道理讲，小周的条件找这样的其实还不太够，但人家说了，就喜欢她这样看起来会读书的姑娘。

感情来了，势不可当。既然双方都觉得合适，就打算赶着国庆节把结婚证领了。

我说：“这是好事啊，考上研还找到如意郎君，怎么看都是双喜临门，你还摆出张苦瓜脸做什么？”

小周说：“但是我男朋友今年都三十三了，家里的独生子。他爸妈巴不得我现在就给他家生个大胖孙子，安心做个家庭主妇。听说我还要去读研，一百八十个不乐意，还联合起我爸妈，整天给我灌输那套‘女生啊，拼得好不如嫁得好’。”说到这儿，小周低下头盯着脚尖，“而且我也有点动摇了，我要是真去北京，我俩就得异地，那就跟宣告分手差不多了。”

我能听出她言语中的不舍，就算把家境殷实这点抛开，“愿得一心人，白首不分离”也是姑娘们梦寐以求的。如果换作是我，肯定也会犹豫不决。

一边是自己大学四年勤学苦读、点灯熬油拼来的前途，一边是同等关系人生幸福与否的婚姻大事。

家庭与事业如何取舍，这真是一个两难的问题。

2

我劝小周不要过于匆忙地做出决定，最好能在读研与结婚之间找到一个最佳解决方案。读研意味着事业，结婚意味着家庭。事业与家庭差不多构筑了一个人的生活，缺少哪一个，人生都不算完整。一旦她松口答应放弃读研，放弃了工作，就等于失去了经济独立的基础。而工作和经济独立才是一个女人在家庭中最大的底气。

我身边有一些阿姨家境优渥，丈夫事业有成。她们开着百万座驾，坐拥海景房，家里有保姆收拾家务，每天需要做的只是拿着丈夫的副卡，去购物、美容、喝下午茶而已，生活悠闲赛神仙。

我羡慕死了这样的富太太生活，尤其是我在买一条过千的裙子都要挣扎好半天，还是被人家看到，直接刷卡买单告诉我“小姑娘要舍得在自己身上投资”的时候，我也想底气十足地掏出卡去刷，但是我赚的钱除去生活所需，不足以支撑起那四位数。所以，在自己装孙子给人当牛做马还赚不到钱的时候，怎么会不羡慕那些不用劳动也有大笔钱随便花的人呢？

但接触久了，我发现富太太们也各有烦恼。她们为了家庭过早地放弃了自己的工作，脱离社会，当起了被关在笼子里的金丝雀。她们整日购物，是因为内心空虚。她们并没有真正的朋友圈，有的只是富太太之间的利益往来。她们拼命地往美容院跑，因为色衰爱弛。她们知道自己的丈夫在外面包养了小三小四，却只能选择忍气吞声，因为一旦离开这个家庭，她们将一无所有。

每当我羡慕她们的时候，她们反倒羡慕我，叫我趁着年轻，不要过早地步入围城，抓紧打拼才是。

3

虽然拿破仑曾说“一个女人的出路只有在婚姻里才找得到”，但作家六六写过：“所有的年轻女孩应当怀有梦想，相信自己有创造幸福、选择幸福、把握幸福的能力，而不要将自己的价值寄托在门口接送车辆的牌子上，更不要拿自己的青春去殉葬。”

因为一个女人的底气和底牌，永远是自己拼来的才算，男人送的一身名牌，只能算是给你标个价。当女生试图靠别人来体现自己的价值时，她本身就成了别人的附庸，失去了独立的人格，自己赚来的才能体现你的价值。

六六老师本身就是强大女性的楷模，她 1999 年随丈夫去新加坡生活，初到新加坡时，她受尽坎坷。人在异国，人生地不熟，只能靠替大学教授做保姆赚取收入。但她并没有因为生活艰辛而轻言放弃，在人家品红酒穿礼服的时候，她一门心思赚钱干活，终于在多年后买到了一间属于自己的租屋，此后闲暇时笔耕不辍，也替她带来了丰厚的收益。

她说：“我通过努力，过的每一天都是我想要的。如果有一天我没有了这么高的收入，对我而言生活都不会难受，因为我的内心很满足。”

只有你自己强大了，才能长久地保持自主选择而不是被选择的资本和权利；只有你自己强大了，才不会被别人当作可有可无的附属品。

你要做能够自由翱翔的鸟儿，有足够的底气，放肆生活，放肆爱。而不要做被养在笼子中的金丝雀，用你的大好年华去弥补那些中年男人的失意青春。

好的婚姻只能被视为生活幸福与否的指标，经济独立，有自己的交际圈，不管离开谁都能照样活得风生水起！这才是女人的底气。

所以，不要在该为事业打拼的年纪去做一名家庭主妇，女人拼得用力，才能赚足底气。

女不强大天不容，愿你爱得放肆，活得精彩。

Chapter 8

活着，我就不想去凑合

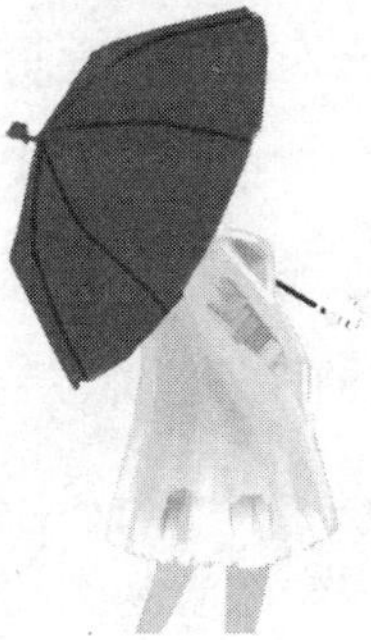

有你，我就拥有全世界；

没你，我一无所有。

不将就，不凑合，

幸好，终于等到你。

坚持成全了更好的我们

“六一”儿童节那天，别人收的都是六块一的微信红包，唯有我收到了发姐从厦门寄来的“狗粮”。结婚请柬上，新郎一栏不出所料写的是发哥，分明是别人的爱情，我却看得热泪盈眶。发哥发姐 12 年的恋爱长跑，从校服到婚纱，让我再一次相信了长久的爱情。

发姐是我的大学同学，大一时，寝室里头打保皇，她连抓 6 个 8，至此“发姐”称号一炮打响。发姐的男朋友叫发哥，但不是英俊潇洒、披着风衣抽雪茄的发哥。发哥跟发姐身高一样，但发姐死活强调发哥比她高 1 厘米，以此捍守男票的尊严。发哥白胖胖得像块松软的白馒头，说话倍儿温柔，和整天扯着破锣嗓子像个人形炮仗的发姐形成强烈反差，但任谁都不得不承认，他们两个正好形成完美的性格互补。

大一入学的第一个晚上，女生寝室夜谈，各自交代完家庭住址就开始袒露感情生活。发姐说：“我跟我初恋高一时就好了，他高二不念了去厦门工作，现在谈了五年半了，异地恋。”

我们问：“不对啊，高一时好上，现在也就三年。”

发姐在我上铺怒吼：“我这不重读两年吗！还能不能继续聊了？！”

发哥原本不是发姐班的，高一上学期转学过去，刚进门就被发姐相中了。发姐说那叫一见钟情，我们说是为了改变基因。发姐特别黑，寝室里有个笑话，说发姐和发哥视频，灯一关发哥就看不见发姐，因为和黑暗融为一体了。

发哥被老师安排坐到发姐旁边，两人都不好意思跟对方说话，那时候发哥又白又瘦，特清俊一小伙。发姐不好意思搭讪，发小就派上用场。她发小拿了两副扑克，死活拽着发哥打保皇。两人就这么一来二去地在打保皇时建立了深厚的革命友谊。

发姐说有天下晚自习，黑灯瞎火的。发哥在发小的安排下，送发姐回家。发姐没憋住就跟发哥表白了。发哥当时诚惶诚恐地没敢信，觉得在班里叱咤风云、说一不二的发姐竟然会喜欢自己，哆哆嗦嗦地回家，据说失眠一宿，第二天用特古朴的方式给发姐写了封情书，这也是两人在一起后，发哥做过的最浪漫的事儿。

情书里写的是：“就算你是逗我玩，我也想说喜欢你，做我女朋友行吗？我会好好对你的。”

发哥成绩不好，山东还是考试重省，发哥家里亲戚在南方有个汽车零件标配厂，想叫发哥去帮忙，也算学门手艺。发姐不乐意，两人正是蜜里调油的阶段，成天黏在一起难舍难分。发哥说：“我去学门手艺，你好好学习，这样我还能早点养你。”

发姐不乐意，大哭着和发哥闹脾气：“我用得着你养？！你去了外地，咱俩就分手吧，异地恋都没好下场的。”

从来没跟发姐大声说过话的发哥，那天头回怒了，他一拍桌子跟发姐说：“他们是他们，我是我。咱俩就谈个异地恋，等你大学毕业就结婚。”

发哥去南方赚的第一笔工资，给发姐买了条花裙子。发姐长得黑，以前打扮得老气横秋，发哥说：“小姑娘家的穿亮堂点儿多漂亮。”

发姐心里特喜欢，嘴上责怪发哥乱花钱，发哥可神气了：“给自己媳妇花，我乐意。”

发姐高三那年落榜了，原因很心酸，考试前一个月发姐老爹突发脑溢血，发姐那时候住宿，她姑姑和妈妈瞒着发姐没告诉，连老爹最后一面都没见到。结果听同村的同学说漏嘴，才知道自己老爹没了，当时就崩溃了。发姐说她在操场上跑了 40 多圈，停下时胃都快吐出来，昏天黑地觉得天都塌了。

发哥那时候刚从学徒工转正不久，要请假回来陪发姐。

老板说回去你就不用回来，直接滚蛋。发哥二话不说定了火车票，坐了 30 多个小时回家。

发姐说，他老爹去世后，所有人都和她说：“你不能哭，你是长姐，你家里还有弟弟和妈妈，所有事都得你帮忙照顾着。”发姐就忍着，实在憋不住了才躲到人后大哭一场。

只有发哥，从火车上下来直奔发姐家，看到发姐第一句话就是：“想哭就哭吧，我回来了，什么事儿还有我扛着呢。”

发姐复读两年，发哥就好吃的成箱地给发姐寄，发姐打电话跟发哥撒娇：“你别给我邮吃的，我又不缺那口，你跟我说句‘我爱你’就行。”

发哥在电话那头嘿嘿嘿傻乐，不好意思说，逼急了就单字蹦：“爱爱爱爱爱。”到大学也这样，发姐手机公放给我们听，笑得大伙直打滚，发哥在那头听见了，更是臊不行。我们开玩笑说发姐跟个女流氓一样，整天逼良为娼。

大二时，有一次发姐肚子疼，在寝室直接休克了。发姐痛经被抬去医院好几回，大家早已见怪不怪，以为送校医院打个止痛针就好了，结果那次校医一看，赶紧叫人送医院，尿路结石。我在外头吃饭不知道，回寝室发现发姐的被褥都没了，一问舍友，才知道发姐家里亲戚全来了，可发姐的弟弟没人照顾，打算转院回老家。其中一个室友感慨：“同样是异地恋，瞧瞧人家再瞧瞧自己，都没法比。”

我问怎么了，室友说：“发哥打电话没打通，听说发姐住院了，立马飞过来，现在病床前头当二十四孝男友呢。”

我们都羡慕不已，谁说异地恋是爱情的大敌，不过是没遇上对的人而已，从厦门到青岛，从南到北，2 小时 40 分钟，飞行 1571 公里。你需要我在的时候，我就在那里陪着你，异地从不是错失爱情的问题。

发哥对发姐，极少说“我爱你”，却整日用实打实的行动，狂虐我们这帮“过了耳听爱情”年纪的小苦逼，吊打的何止单身狗？连有男朋友的都让男友多向发哥学习。

发姐和发哥打电话说自己头发长得能扎起来了，发哥挂断电话给发姐买了 200 根五彩斑斓的发筋儿，发姐收到时表情比发筋儿的颜色都丰富。

发姐说自己最喜欢吃芒果了，发哥住家的院子里有棵芒果树，让发哥等她一起摘。女皇下令，发哥立马遵旨。然后芒果熟大了掉落在地，发哥就拍照片给发姐：“芒果说特别想你，你再不来摘，都快成芒果泥了。”

2014 年春节，丑女婿终于见到了丈母娘，发姐的妈妈特别担心：“她脾气不好，你现在谈恋爱能忍着她，你俩结婚后你还能忍吗？还有你在厦门那么远，她以后肯定是要回老家的，你俩也不能这么异地下去啊！”

那天发哥喝了点酒，激动得都哭了，他特诚恳地说：“阿姨，我跟发姐在一起 9 年了，她脾气不好都是我惯的，异地这个问题我早就想过，我家里也同意了，发姐毕业留哪儿，我就去哪儿。我妈说发姐早点定下来，就给我俩买房子，房钱早搁存折里准备好了。您放心，我一定对她好，今后只会更好，而且弟弟您也不用操心，我就当我亲弟弟一样……”

发姐早在一旁哭得稀里哗啦，说不出话了。

我们寝室曾经在发姐跟发哥闹脾气说分手的时候，给她算了笔账。发哥每个月给发姐的各种花销，比他每月工资的一半还多，这还不包括发姐寒暑假去找发哥玩，花的机票钱。都说一个男人肯给你花钱，不一定代表爱你。但不肯给你花钱，一定是不爱你。

我们说，发姐你知足吧，发哥对你简直是“要星星绝不给月亮，哪怕阴天下雨都架梯子上去给你摘，你还要求他怎样呢？一个男生二十几岁，明明可以大手大脚地为青春挥霍，却心甘情愿地精打细算，为了买一套写你名的房子”。

发姐搓搓鼻子：“废话，这不生气吗！谈了9年，我还要当‘毕婚族’呢！”我还记得大一时第一次见发哥，他请寝室吃饭，那天发姐喝多了，又哭又闹。发哥就背着她，安安静静地从饭店到寝室楼下。

那天，发哥跟我们说：“发姐她脾气不好，心直口快，爱得罪人，但她心是好的，没有坏心眼，该骂骂该说说，你们别往心里去，我在外地，她也挺不容易的。”

见过太多异地恋失败的例子，早知道有多么不容易，遇见一个对的人，全心全意地呵护着脆弱的爱情，脆弱的同时也成就了无坚不摧。

在这个不恋爱都能上床的年代，什么都是快速消耗的。但我想找一个对的人，谈一场两人、三餐、四季，长长久久的恋爱。发姐的恋爱长跑，兴许就是最好的证明。

异地兴许不该是爱情失败的原因，坚持成全了更好的我们，共勉。

喜欢你，从来都是我一个人的事

有很多人是在暗恋路上执迷不悟的小傻瓜，过去总觉得暗恋的人最缺乏的是勇气，现在却觉得暗恋的人，最不缺乏的就是勇气了。

明知道对方不喜欢自己，明知道彼此压根没有未来，明知道对方是个混蛋，可还是记吃不记打。自身的情绪随着对方波动而波动，他若理你，便是晴空万里；他若不理你，则是晴天霹雳。

我想起了我的另一个朋友，二十余年的大好青春，通通献给了毫无结果的暗恋。就叫她小痴吧。

小痴情窦初开得比较早，那时还在上小学，周围的小伙伴都在玩过家家，小痴就开始翻《聊斋》和《红楼梦》了，在小孩子一板一眼地背着“举头望明月，低头思故乡”时，小痴已经会在周记里歪歪扭扭地写上：“人间自是有情痴，此恨不关风与月。”

小痴暗恋史上的第一个人是她前桌，喜欢的原因特别简单，在小男孩对女孩子懵懂的喜欢还停留在拽小辫、拉裙子时，她前桌那个叫牛牛的小男孩已经崭露了把妹的高超技巧，在牛牛的同桌因为传小纸条被老师叫起来罚站时，牛牛果断地站起来同老师承认，是自己传小纸条给对方，不关他同桌的事儿，所谓“好汉做事一人当”。

小痴坐在牛牛身后，觉得那一刻这成天吹鼻涕泡儿的小子简直爷们儿炸了，至此开启了牛牛做啥她都觉得“真帅”的毫无原则式暗恋。小学四年级，牛牛跟着父母搬家去重庆，临走前买了一本同学录，发给小痴时，一向被夸赞文笔好的小痴竟然不知如何落笔，绞尽脑汁地抱着那张纸想了一宿，草稿也不知打了多少张。

第二天，牛牛收到小痴的同学录，上面只有两行简单的字，是王勃的两句诗：“海内存知己，天涯若比邻。”

牛牛吹着鼻涕泡问小痴这是什么意思，小痴想了想说：“就是不管你走多远，记得常联系。”牛牛连连说没问题。

后来上初中，小痴听说牛牛每年暑假都会回老家，然后挖门盗洞地打听他同桌的联系方式，还听说在牛牛离开的那年，跟他同桌告白，还把那小姑娘吓哭了。

小痴想，他……怎么从来没联系过我呢？

小痴的第二段暗恋是在初中，初一时班级整合列队，小痴个子小站在队尾，有个高高的男生站在排头，小痴以为那是某个班级的老师，在那“老师”走过来时，还十分恭敬地冲人家行了个“少先队礼”，可人家压根没搭理，目不斜视地就走过去了。小痴还和同学抱怨：“这个老师真不讲礼貌，连句‘同学好’都不说。”

后来，在一次学校的联欢晚会上，小痴作为演出人员再一次站在作为主持人的高个子男生身后，才知道原来他和自己一样，是个学生。不过那时，小痴在一年里个头突飞猛进，已经从班级的队尾站到班级的排头队伍了。

小痴喜欢那个男生七年，她叫他红桃，因为每次看到他，小痴都觉得胸腔里的那颗小小红桃紧张得快要蹦出来了。

红桃是年级里的风云人物，1.87 米的大高个儿，足以碾轧初中的一众小男生。小痴写给红桃的日记就有厚厚的三大本，一本专门记录红桃的穿着，“红桃今天穿了那件棕色的毛衣，外面套了英伦风的马甲，迈着长腿奔跑在雪地里，像是一头矫健的鹿王……”一本记录与红桃偶遇的点点滴滴：“好开心啊，今天早上倒垃圾，遇见了红桃。倒完回教室，结果又在楼梯口看到了他！”第三本写满了她假想中同红桃在一起的脑洞：“我们在走廊里擦肩而过，他忽然拉住了我，问‘你怎么看到我连招呼都不打？我的朱丽叶’。”

她的三本日记我都有翻阅过，同红桃种种偶遇，在小痴这里都成了命中注定的相遇。小痴相信“精诚所至，金石为开”，她说他们每天碰面那么多次，就算他记不住自己的名字，也该知道有这么一个人了吧！

红桃在许多方面堪称完美，成绩一直高居榜首，还在学校的广播站担当站长。光小痴知道喜欢红桃的女生，双手加双脚都数不过来。不过别人的喜欢是显露于言表的，而小痴的喜欢总是默默地深藏于日记与心底。

她清楚地记得同红桃先生每次相遇的点点细节，也会为一次眼神的碰撞激动得夜不能寐，但她从来不会像其他女生那样，在红桃挥洒着汗水连投三分球时，高叫：“红桃红桃，我要嫁给你。”

小痴心想：“我的喜欢怎么可以像别人一样，肤浅地挂在口头？”

于是，红桃先生的作文写得好，小痴就拼命地写作文，为的就是能和红桃先生的范文贴在一起。红桃先生成绩好，小痴便成宿成宿地刷习题册，连吃午饭的时间都不舍得浪费，一边在教室喝泡面，一边狂背英语单词。累了，小痴就跑去大厅的范文告示板，看着和红桃并列贴在一起的作文，她知足地一通傻笑，笑完接着元气满满地回去学习。

成绩和初一时的身高一样吊车尾的小痴，硬是靠着一股信仰红桃的孤勇，在考场里冲锋陷阵，碾轧过14个班级的学生，堂堂正正地坐到了红桃的后座。那时，学校还按成绩分配考场，小痴连着几次都冲进了年级前十。

可惜，她还是没有机会，站在红桃先生面前如同老友般冲他“say hi”。

初四那年，重点高中已经打响中考前的争人预热，但打铁还需自身硬，这些好学生开始在老师的谋划下参加各种学科竞赛，小痴从老师那里听说红桃要参加全国化学竞赛，她紧忙压着报名截止时间也填了申请表。

大概是老天怜见加上小痴的好运气，考试那天小痴正巧坐到红桃的身后，她终于可以光明正大地盯着他那么久，久到她觉得自己都快落下眼泪来，红桃转过身，将签到表交给她。红桃看到小痴，先是一愣，接着笑笑说：“哎，你是隔壁班的吧，那谁……来着，好好考啊，加油。”到头来，他也没说出小痴的名字，但那句“加油”，已经令小痴如打鸡血，头脑中的“氢氦锂铍硼，碳氮氧氟氖”和试卷上的各种中和反应都变得如诗篇般美妙。

小痴有个秘密谁都没告诉，她在签到表上偷偷记下了红桃的手机号，在一个晚上发了匿名信息给他，虽然只是在中考前夕说了一句“加油”，没有收到任何回复，但小痴依然觉得无比满足，因为这个深藏在心底的少年，小痴从踹一脚动三动的懒孩子，变成了成绩优异、聪明伶俐的“别人家的孩子”。

只可惜，直到初中毕业，她的小少年和全部关于对方的心事，也只有天知、地知、日志本知。

中考前，小痴托朋友辗转得知红桃要报考的学校，据说已经和对方签约，小痴毅然决然地也在志愿表上填了那所高中，而且三个平行志愿全部空下，完全抱着破釜沉舟的心情，小痴后来想想，自己都不知道当初那股子“不撞南墙不回头”的孤勇从何而来。她在初四的最后一次家长会上，看到了被邀请作为家长代表讲话的红桃妈妈，她站在那里说什么，小痴什么都没听进去，她当时心里还在幻想：“啊，见婆婆了，好忐忑啊！”

中考成绩出来，小痴毫无疑问地去了那所高中，却意外知晓红桃家里嫌学校太远，叫他就近读家门口的高中。无异于平地起惊雷，小痴当时就蒙了，家里人还沉浸在小痴去了重点高中的喜悦中，只有她一个人感到悲伤。

四年时光，不舍昼夜，支撑她一步一步艰难走过来的全是在她心中早已化作信仰的红桃。他笑她欣喜，他悲她消沉，短暂的擦肩是她期冀来日并肩的动力，1460个日夜的激动与牵挂不过都是红桃一人。

然而……再深情的凝望，都抵不过现实中的一次执手。

暑假里，小痴不断地听到关于红桃先生的消息，他的人已经成了学校的传奇，自然关于他的一切都少不了人们的八卦与传说。

有人说，年级里某个风评不太好的小太妹和红桃表白，红桃答应了，不过两个人在一起不到一周，小太妹就甩了红桃。小痴听到后，没表示什么，回家后却偷偷地大哭一场。纵使有近距离的观察和恒久的关注，但没有说过几句话的红桃在小痴心里，俨然是一个完美无瑕的神，她连自己说出他的名字，都唯恐玷污神祇，却发现原来他的神竟会被人甩掉。

再后来，红桃家为了离高中更近一些，搬到了小痴家前楼，他们的实际距离从一道门，变成一栋楼。小痴却不得不为自己当初的孤注一掷付出代价，明明家门口就是高中，却要每天起大早赶班车走读。

小痴每天早上 5 点半出门，她会在红桃家楼下盘旋几圈，朝他家的窗户望一望，再跑去汽车站，她希望能再见到红桃，哪怕一眼也好。

她就这样风雨不误地每天提前出门，看了两年，可时机永远都不够那么精准，命运有时偏爱她，但更多时候都在开玩笑。

小痴从来没能遇见过红桃，直到高二的一个鹅毛大雪的清晨。

小痴穿着雪地靴艰难地在深至小腿的大雪中跋涉，去红桃家楼下绕一圈已经成了习惯，她背着书包，如同履行日常任务一般。大概是诚心感动了真正的神明，她垂着头看着自己深深浅浅的脚印，一抬头就发现了刚出门的红桃。

小痴和我描述那天的场景，三两颗星子还挂在浓墨色的天空，街道上的路灯稀稀拉拉地亮着，大雪鹅毛似的纷纷飘落，红桃就那样猝不及防地出现在她眼前，像是从天而降。两年没见，他的面部线条更显硬朗，鼻梁上架起了一副黑框眼镜，穿着牛角扣大衣，耳尖冻得通红。红桃走在前面，小痴就保持三四米的距离跟在他身后，那时街上只有他们两个人，几百米的距离，那天却走得格外漫长。过去的种种在小痴的心头放起走马灯，她捂住嘴紧紧地跟在红桃身后，忍不住地哽咽。

她喜欢他七年，七年的时光，除了那句“加油”两人再没说一句其他，小痴有三本厚厚的日记，里面记满了大概连红桃本人都不曾留意的细节点滴。

她知道他有三件草绿色的毛衣，两件牛角扣大衣，冬天喜欢在衬衫外面套一件毛马甲；她知道他特别喜欢穿白色运动鞋；她知道他不吃葱末，喜欢吃辣，吃饺子不沾酱油只放醋；她知道他做题喜欢先做大题，再写选择题；那年化学竞赛，她看到红桃在桌子上偷偷抄了两个铁离子划架公式……然而再漫长的旅途终有终点，再刻骨铭心的久别重逢终须一别。

在目送红桃走进校门的那一刻，小痴的眼泪溃不成堤，她蹲在路边任由公交车开走几辆，直到她的泪花在睫尖凝成冰，她惊觉这一场喜欢，从头到尾都只是她一个人的独角戏。

红桃只是她不断前行的一个动力，这么久的喜欢，他早已成为自己日记本中的一枚符号，那些因他而生、因他而死的情绪，不过是小痴一个人的独角戏。

高考结束，出了录取通知那天，小痴去红桃的高中门口看录取金榜，红桃要去北京，小痴手里刚接到EMS的快递，她要去厦门大学。

旁边有几个女生叽叽喳喳地指着红桃的名字，捂着嘴羞怯地偷笑，说："红桃学长好帅啊，竟然又考这么好，崇拜死他了。"

小痴转过头看着那两个小女生，那样子像极了过去七年的自己。

夏日的阳光有些刺眼，小痴想起了七年前的那个午后。从体活课中途溜回来，打算回班级抄份数学作业的小痴，在楼梯口转角看到睡着了的红桃先生，那个上午，他刚主持完学校的朗诵比赛，重度声控患者小痴迷得七荤八素，但没戴眼镜，始终看不清对方的脸。

那天，小痴蹑手蹑脚地从红桃身边路过，原本想快步离开，不知怎么就鬼迷心窍地选择驻足。她悄悄地站在扶梯旁，低头注视着均匀呼吸的红桃先生。红桃蜷曲膝盖，趴在一本数学习题册上，小痴忍不住朝他越靠越近，甚至能数得清他脸上细小的绒毛，连呼吸都能颤动红桃浓密纤长的睫毛。

阳光透过小窗投射在小痴和红桃身上，小痴稍稍偏移了一点，替他挡住照在脸上的阳光，就这样站了许久。楼下忽然响起层叠的脚步声，小痴一惊，紧忙从红桃身边跑过。

那天，一颗种子随风飘扬许久，落在了小痴的心上。

生根，发芽，开出了花。

“我喜欢的人”撤回了一条消息

1

之前某天，在网上看到一篇帖子，是讲日本漫画的，想起之前和大雄先生聊起过这个点，顺手就分享给他。

没想到从不熬夜的大雄竟然秒回我。

“哎，你怎么还没睡？”

“天，你怎么还没睡？”

差不多我们是同时点下发送，我盯着屏幕嘿嘿傻笑，觉得我们之间的默契也是没谁了。

和大雄先生上次聊天大概是在半个月前，他平时工作忙，我也在复习考试，虽然经常在考试压力大的时候想同他聊聊天，但好多次明明鼓起勇气，想好话题编辑好内容，却在点发送的一瞬间打了退堂鼓。

我感到自己有些过度依赖他，像是吸了一支精神鸦片，哪怕对方只是回了个笑脸，我都觉得像是中了五百万那般欢欣雀跃。所以，我总是情难自抑地想和他说一句，再说一句，只是单纯丝毫不带暧昧情愫的聊天，都会令我上瘾。

好不容易遇到他主动愿意和我谈话，我自然要抓住这个机会。我紧忙问："你今天怎么熬夜了？"生怕回得慢一些他就下线了。

被我抓到的大雄先生说："今天心情不太好，和同事出去喝了些酒。回家觉得没喝够，又把家里存的翻出来喝光了。"

"那现在是醉了？还是清醒的？"

"当然是清醒的，特别清醒……"

那趁着你清醒，我和你告白吧。

这个可怕的想法一经脱出，就像冲破心闸的小鹿，在胸膛里不停乱撞，我赶紧把手机放到身边，生怕自己一个不留神，就被指尖出卖了内心。

我这边半天不说话，他大概是以为我睡了，发了个兔斯基拉被子睡觉的表情。

"我……我还没睡，刚才……洗了把脸。"我撒个了谎，总不能说出自己在挣扎要不要和他告白吧。

"嗯，不过女生还是别熬夜了，安心睡觉吧。好梦。"

然后就再也没有回复，原本我想问问他，是不是有心事，或者有什么烦恼？我甚至还在纠结自己应该在午夜开启哪种模式。

比如说，也许我可以装得嬉皮笑脸，叫他“找个女朋友”，如果他有这个意愿，兴许我能自荐；如果他回绝了，我还可以给自己留个台阶，不至于那么尴尬，叫他“得找个硅胶质量好些的”。

但上面的又显得太过黄暴，女孩子还是温婉些好，但……该怎么温婉不会显得像他妈？让他喝点醒酒的，也许人家但求一醉，这样不就是说废话了吗！

我忽然觉得他不再回复，是最好的结果。就像我无数次想找他，最后却只是静静地围观他的朋友圈。

也许不交集，就是最好的距离。

2

我考完试后，收拾行李回家。坐车的路上，意外地发现了那家和大雄先生曾经约好要一起去吃的参鸡汤店。

那还是去年的冬天，难得下雪的城市，下了很大的雪。我们早在半个月前就约好了那顿饭，但那天的雪真的是太大了，我穿了最厚的大衣，站在路灯下等他，依然冻得嘶嘶哈哈，不住搓手希望能够摩擦取暖。

我以为他不会来了，毕竟离约定的时间，只剩下不到5分钟，可放眼望去，偌大的广场尽头，一个人都没有。漫天鹅毛般的飞雪，好像直接飞舞在我的心里，空荡荡的还有点冷。

我猛力地跺跺脚，想要跺走低落与不甘心，心想："毕竟外面的雪那么大，而我之于他并不是什么重要的人，所以不来也很正常啊！"

还有一分钟，广场的尽头依然不见来人。人家都恨不得躲在室内，唯独我傻兮兮地站在路灯下，快要冻成冰雕了。我掏出手机，想给自己留个面子，毕竟女孩子被放鸽子太伤自尊了。

"我今天忽然有点事，不如饭局就取消吧！"

你看连一起吃饭，因为没有名正言顺的关系，都只能叫饭局而不是约会。饭局听起来真是别扭，好像是一堆肥肠满腹的大胖子，坐在一起相互灌酒。

正这样想着，手机铃声响了，我看到广场尽头出现一个人影，哪怕没戴眼镜，看轮廓我也知道那是谁，嘴角抑制不住地扬起，趁着大雄先生离得尚远，我赶紧转过身背对他，激动得嘿嘿嘿傻笑，又蹦又跳。

等他走近了，问我怎么不接电话，还有在那里一个人乱蹦什么，我已经收起了笑容，装作酷酷的，把手插在衣兜里表示："没什么啊，只是太冷了，我蹦两下热身。"

然后，我看到大雄先生从衣兜里掏出两个大号的烤地瓜，还冒着直直的热气。他赶紧塞到我兜里一个："捂好了，可别露出来。我早都出来了，就是看到路边有卖烤地瓜的，结果烤了这么长时间，冻死我了……"

之前所有的负面情绪一扫而空，我装作不以为然的样子：“那你好傻哦，既然没有烤好，你就不要买呀！”

大雄先生想说什么，但最后还是什么都没有说，只是跟着我傻笑。我俩一人兜里揣了个烤地瓜，捂在手里好像全身都暖和起来了。

我一直在等着他那句欲言又止的话，也许他想说的是：“但我怕你冷，这样还能暖和一点。”我在脑子里把这句话千回百转了一遍又一遍，最后还是没控制住自己，就想证明是不是我太自作多情。

我问大雄先生：“那你买烤地瓜干吗呀？”

他狡黠一笑“你猜”，接着自己说出答案：“因为他家烤地瓜甜啊！”

看吧，他一点都不喜欢我。

3

后来，我们走了好远才发现路的方向走反了，我几欲崩溃。大雄先生说：“没事儿，当饭前消食儿了，一会儿还能多吃点。”

我无语凝噎：“我中午饭还没吃呢，这会儿都开始消耗脂肪了。”

“那我这儿还有个热乎的烤地瓜，你要不要？”

那天，我们到底没有吃到参鸡汤，最后冻得不行，随便找了一家火锅店就吃了。我往锅里下羊肉的时候，和大雄先生说："可惜了，早知道打个车去，司机肯定知道路。"

大雄先生说："没关系，他又不会黄铺，以后有的是机会的。"

听他这么说，我又忍不住乐起来了，好像个神经病。我心里想的是，可以有更多和他独处的机会，喜欢一个人真是藏不住自己的情绪，哪怕面子上装得再云淡风轻，也总是会因为对方的一点小举动，立刻破功。

但我表现得这么明显了，大雄先生依然没有任何表示，还能再找什么证明呢？

我们彼此心知肚明，我喜欢他，可他不喜欢我。

既然如此，我就没有必要自讨苦吃去和他告白，我不是怕告白后不能和他做朋友，分分钟都想把对方占为己有的感情，那早已经超出朋友的定义了，这点我老早就知道了。但我是个拉不下面子的人，我怕自己和他告白失败后，他拿这个当作笑柄，虽然我知道他不是这样的人，但我这么喜欢胡思乱想的人，还是给自己留条后路最为稳妥。

扎西拉姆•多多说，除非铃兰，不会在你经过的路旁响起，否则我不说；除非目光不再在你坐过的凳旁徜徉，否则我不说；除非路灯不会在你的背影下明亮，否则我不说；除非你一眼就把它看穿，否则我不说。

除非到了你和我告白的那一刻，否则我打死都不说。虽然喜欢你，却不能和你在一起的感觉，和死了差不多，心痛死了。

4

再次看到那家参鸡汤店好像已经过去很久了，虽然不过才一年而已。那时是下着大雪的冬天，而今年的冬天不太冷，一片雪花都没有降落人间。那时大雄先生走在我身边，我们现在却相隔几座城市的距离。那时他刚刚毕业，如今我毕业了。

什么都变了。

唯有一点没变，那时我喜欢他，如今的我依然喜欢他，而他依旧不喜欢我。

5

在大雄先生祝我好梦之后，我的确关灯拉被，打算睡觉了。往常头一贴近枕头，3 秒钟立刻入睡。但今天我躺在被子上辗转反侧，也不知大雄先生的好梦是不是开过光。

终于在折腾了快半小时后，我忍无可忍地又把手机翻出来。一看钟，原来才过了 13 分钟。

求之不得，寤寐思之。优哉游哉，辗转反侧。

反正也失眠了，我打开微信，从头开始读和大雄先生的聊天记录。第一条是去年的冬天，我们打算去吃参鸡汤。

原来他发了准确的地址给我，但我光顾着兴高采烈地和他聊天，没有注意到。

既然他知道，怎么会任由我往错误的方向走？

之后是他毕业离校那天，他说有些毛绒玩具，问我要不要。我回复他我哪有那么少女心。但没注意到的是，他说的毛绒玩具，是我当时吵嚷着想买的“种花家”兔子。

再往后看，虽然我们好久都不曾聊天，但他会在睡前，发一句“晚安”。时间都很早，照常理讲那个时间还在刷朋友圈、看视频，怎么会那么早睡觉啊！！

我还嘲笑他是老干部作息……

但会不会这是他想和我聊天的引子，毕竟……我是说完“晚安”后，能再聊一小时的人。

手机忽然振动提醒，有新消息。我赶紧划到最后……

大雄先生刚刚说：“你还没睡吧？”

“哦……看来是已经睡了。”

“那快翻个身吧，一会儿口水都要流到被子上了。”

“呃……也没什么事儿，我睡不着骚扰骚扰你。”

“其实我今天不是心情不好，但喝酒是真的。哈哈哈哈哈，你知道的，喝酒壮胆嘛。”

“我……很喜欢你。”大雄先生终于打下了这句话。

我盯着手机屏幕百感交集，眼泪已经先我一步做出反应。正不知道怎么回复，发现对方竟然把消息撤回了。

我忽然想起，在之前的聊天记录里，也有好多晚上撤回，我没看到的，这才恍然大悟。

“你白痴啊！撤回我就看不到了吗？！”我发语音咆哮过去。

然后温柔又虔诚地继续加上三个字：“我爱你。”

人间至幸：同最爱的人吃最好的饭

肚子饿了，开始吃饭。

吃得饱饱，开始想你。

觉得困了，开始睡觉。

睁开眼睛，开始想你。

——几米

谈恋爱和吃东西其实是一码事儿。心空虚时，就想谈恋爱，嘴巴空虚时，就想吃饭。唯一区别的就是，心同人恋爱，嘴巴同食物恋爱。

恋爱的时候，同男朋友有说不完的话，开着视频把“晚安”说了一遍又一遍，但谁都舍不得先挂断，说完“晚安”满眼还是对方的脸。想吃东西时也是，说好了严格控制摄入的热量，不在夏天到来前减掉十斤誓不为人。但洗刷完上床躺着，还没等来周公召唤，朋友在群里一吆喝，有没有人组团刷烧烤！立马蹦起来响应，之前信誓旦旦的誓言通通抛到九霄云外，嘴硬“好好吃饭才是对减肥的尊重”。

爱人是控制不住自己的腿，吃饭是控制不住自己的嘴。

之前想同女神面基，打算节食一周，结果第三天就撑不住了。人在饿肚子的时候，闻什么都香，吃什么都是世间绝顶美味儿。我和我妈立下军令状，一个星期内绝对不碰饭，结果大晚上饿得躲在被窝里哭。后几天，我经常是三更半夜穿好衣服，和她说要出门夜跑锻炼，实际上是跑到路边吃10点出摊的烧烤野馄饨，结果一周下来还瘦了四斤。

人生总是这样充满未知的惊喜，恋爱亦是。

上学时，我在食堂吃过一次鸭血粉丝汤，他家做法不地道，就是拿清水把粉丝煮熟而已，难吃得超乎我想象，果断被拉进黑名单，之后再有人叫我尝试别人家的我都毅然拒绝，因为第一次就给我留下了心理阴影。

谈恋爱时，被一个白羊男伤害过，他对我温柔得不得了，宠我疼我从不拒绝我。廖一梅说，爱情中最稀罕的是遇见“理解”，我一度觉得除了他再不会有第二个人待我这般。但后来我发现他不光对我这样温柔，他把爱四处播撒，他谁都懂得。自此以后，再也不敢相信白羊最配狮子的鬼话，对白羊男敬而远之，因为信任过也被伤害过。

直到我遇到了Z，白羊，像是命中注定般从天而降，我同他说起心中的阴影和疙瘩，他带我去南京吃最正宗的鸭血粉丝，汤头熬得浓白，各式鸭杂整齐地码在上面，好吃得让人落泪，平抚了味蕾，也治愈了之前受伤的心灵。

恋爱中会偏执迷信，在同一个人暧昧的时候，会揣测对方每一句话背后的深意，翻遍了星座书，只看般配的解释，对其他不好的话通通视而不见。会在情浓时，连做梦都是对方的脸。是你，是你，梦见的全是你。

想吃食物的时候，同样为之朝思暮想、辗转反侧。白天想吃却吃不到的食物，统统会在梦里来找你。梦里吃东西也好，不用管住嘴，想吃什么吃什么，还不必冒着发胖的风险。

越是长大，交往过的人越多，对情话和恋爱套路越是麻木，17岁时听他说“我爱你”才会激动得泪流满面，27岁最感动的情话却是“听说市里新开了几家餐馆，我收藏了地址，等你空闲我们去吃”。

好的爱人如一本值得回味的书，一部让你捧腹大笑的电影，一道直达心底的佳肴，让你欲罢不能，久久回味。

舌头离着心脏十万八千里，却不知为何总觉得它们是相通的，收买人心最简单的办法就是收买他的“味”。恋爱中有一见钟情，执子之手深情共白头，有鸡毛蒜皮的争吵，和上一秒打架下一秒和好。吃饭也有一筷倾心，有慕名而去，有野馄饨摊儿前漫长的守候与等待，有这家面馆倒闭后我再也不想吃面了的悲情。

同最爱的人吃最好的饭，这大概就是人世间最幸运的事了吧。

愿你在最好的年华，吃遍天下最好吃的美食，执手最般配的爱情。愿想送你回家的人，东西南北都顺路；愿陪你吃饭的人，酸甜苦辣都爱吃。

后记

梦想就蹲守在下一个拐弯处

开始网络写作的原因很简单，那是个漫长无比的暑假，我在泉州陪着病重的姥姥，夏日天气闷热，唯有书房中有些许凉风，我便对着电脑，噼里啪啦地敲下一些所思所想，兴许是选对了平台，陆续被一些读者看到。他们在留言中表示喜欢，我也像打了鸡血一样，每天都琢磨着新主题，连续写了一个月，那是我在写作途中最激情澎湃的一段时光，脑袋里的灵感也好似取之不尽的宝库，支撑着我写下去。

写作给我带来了许多机遇，也改变了我生活中的一些方向。它带给我更多的是思考，也牵引着我做出一些选择。如果用一句话总结写作带给我的，大概是相信梦想的力量。

梦想并不是一帆风顺地站在那里等你，它总是藏得分外隐蔽，让你在曲曲折折的道路上几次三番地怀疑自己，想要放弃。但只要你牢记心中的梦想，摸索着走下去，它可能就在下一个转弯处等候着你去实现。

初中时，我总是喜欢在笔记本上写作涂鸦。我的同桌不时就把本子借去看，有天他对我说："我有预感你将来能成为个作家，如果以后你出书了，一定记得送我一本。"他说过几次，我虽然嘴上说着不可能，但在心里记了十年。这本书如果出版了，一定要送他一本，这开光的嘴也没谁了。

人生没那么多坦途能走，也没那么多道理能想得通透。谁都有迷茫的时候，别东张西望，更别灰心沮丧，揣好了梦想就铆着劲儿向前奔跑，兴许下一个拐角就和梦想迎头一撞，然后看着它，落地、发芽、开出满树的花。

谨以此书献给我的姥姥卢女士。

桃啃笙

正视自己的脆弱，或许才是强大的开始。